掌心裡的京都

手のひらの京

綿矢莉莎

京都的天空實在溫和柔軟。一片淡淡的水藍，襯著有如撕下棉花糖而成的雲朵輕柔飄浮。自鴨川遠眺的天空充滿清爽甜美的氣息，彷彿春夏之交有什麼即將發生的預感，融入了天空的色彩。凜深吸一口氣，吸入滿腔水草醞釀出來的河川香氣。

回家途中，凜光是經過跨越鴨川的北大路橋仍不滿足，還牽著自行車走下河邊，坐在她鍾愛的、最寬闊的木長椅上仰望天空。伸直的雙腳就對著鴨川的清流。一旦下雨，暴增的河水便會化為飽含泥沙的滔滔濁流；晴朗的日子，河水在陽光下宛如麥芽糖般晶瑩閃爍，波平浪靜。河邊有慢跑的中年男子和一對牽狗散步的情侶。三月底到四月期間，在河岸怒放的淡粉紅垂枝櫻花，以及小沙洲和堤防上盛開的金黃油菜花都已隨著季節消失，如今新綠的潤澤綠葉在河畔特有的強風中搖擺，沙沙作響。

凜感到納悶，春天的花季過後，緊鄰鴨川的京都府立植物園現在還可以欣賞到什麼花？山茶花、櫻花、油菜花、桃花、木蘭、水仙、牡丹的季節都已過去，鎮上除了盆栽以外的花朵似乎都消失了蹤影，不過即使冬季是情有可原，堂堂一座植物園，不可能在五月無花可賞。難不成是杜鵑花？杜鵑花很美，不過路邊隨處都可以見到。凜任由風把玩著髮絲，用手機搜尋徒步約十分鐘遠的植物園資訊。

玫瑰！資料寫著，西洋庭園裡會有約三百種的玫瑰盛開。這麼說來，上個月去植物園時，幾乎是百花盛開，唯獨玫瑰只剩下莖與葉，乏人問津，落寞冷清。看著那些取自世界各國公主或風光明媚地名的品種名稱，最愛盛開玫瑰的凜，立刻悄悄計畫要約姊姊們一起去植物園。聽到可以賞玫瑰，懶得出門的綾香和老是裝忙的羽依，一定都願意騎自行車過去，順道在北山的街道遛達遛達。這時手機發出輕盈的鈴聲——

牛肉燴飯的材料買了嗎？

是綾香傳簡訊來了，就好像識破了她正在鴨川偷閒。差不多得走了，凜戀戀不捨地仰望天空。無邊無際的天空依然維持柔軟，迎接向晚，變成了洋蔥炒過後的黃褐色。凜站了起來，決定踩著自行車，沿路欣賞逐漸轉為多蜜醬汁深棕色澤的天空。自從有了早晚要離開京都的預感，這座城市的每一樣景色看在眼中，都令她幾乎要鼻酸。她想將照片無法捕捉的故鄉溫柔色彩好好地封存在眼底。

黃昏是總教人感傷的時段，一首依稀記得的曲子像團小氣泡般自心底浮現。之所以只是依稀記得，是因為她只聽過母親隨口哼唱，不曾聽過任何歌手正式演唱。凜踩著自行車，在風中哼了起來：

鄉間堤防　向晚時分
呆坐長椅放空
散散步也不錯
好想要有個伴
四下的幽暗　是為了我倆

我等著女孩的到來
向晚時分　看似寂寞
請別留我　孤單一人

「媽媽高中文化祭的時候，走廊上的三個男女生突然就這樣清唱起來。當時他們在校舍裡面舉辦快閃演唱會，合唱非常美，間奏的部分是用陶笛吹奏，其中一位還吹起直笛，那音色之淒美，跟這首曲子搭配得天衣無縫。表演得真的很棒，讓人聽過一次就忘不了。」

這首曲子似乎是當時的流行金曲，被母親一唱，聽起來低沉平板，氛圍有點像是傳統搖籃曲，陰森的曲調好似要被暮色給吸走一般，惹人不安，卻又有股奇妙的安詳。「向晚時分／看似寂寞」，不是一口咬定「就是寂寞」，而是彷彿事不關己地喃喃「看似」，卻又緊接著情緒性地懇求「請別留我／孤單一人」。這樣的不安感，只要曾經體驗過古稱「逢魔時刻」的傍晚所帶來的不安，一定都能感同身受。

綾香總是說，全世界所有料理中，牛肉燴飯最受到牛肉的品質左右。凜回到家的時候，綾香已經用深煎鍋炒起附近肉店買來的牛碎肉了。

「我回來了。」

「歡迎回來。買番茄跟洋菇了嗎？」

綾香手上忙著，頭也不回地朝凜問道。她是家中唯一一個做菜時會規矩穿上圍裙、束起頭髮的人。

「買了。也買了做沙拉的萵苣和麵包丁。肉不會太早炒嗎？會太老喔。」

綾香用調理筷翻著碎肉，圓潤的側臉露出微笑道：

「放心，我聽到妳的自行車停到車庫後，才開始熱鍋的。可以幫我煮一鍋滾水嗎？我要燙番茄剝皮。」

凜將超市購物袋丟到流理台前的桌子，連食材也沒拿出來，就準備開溜，聽到綾香平靜堅定的語氣，只好掉過頭來，不甘願地蹲身取出用了十年的雪平鍋，從水龍頭接水。晚餐是三姊妹輪流負責，不過即使不是自己值日，有時也會像這樣被抓來幫忙。廚藝仍十分生嫩的凜經常因為搞不清楚烹飪順序，在廚房手忙腳亂，拉綾香當救兵，因此本就該相互幫助。等鍋裡的火滾了以後，凜依照姊姊的指示，提心吊膽地將三顆清洗後去蒂頭的番茄放入鍋中。

「好燙！」

沒碰到熱水，指頭卻被灼熱的蒸氣給裹住，凜慌忙縮回手來。

「用杓子放就好啦。」

忙著調味的綾香晚了一步才提醒，凜將剩餘的番茄用湯杓慢慢置入沸騰的熱水裡。

「我也要從主婦身分退休了。」父親屆齡退休時，母親莊嚴地如此宣布，三姊妹完全不解其意，但母親是在公告她從此以後再也不煮飯了。

「媽長年努力到現在，每天忙著準備三個孩子的三餐、便當，還要料理其他一切家事，已經夠了。我暫時不想再看到刻有名字的菜刀、重得要命的木砧板、沾上焦黑油汙的瓦斯爐了。往後我只在餘暇煮飯，想煮的時候才煮。早飯和午飯各自解決，晚飯妳們自己準備。」

母親說「我有話要說」，特地把全家人召集到客廳，接著說了這些話。三姊妹和父親當中，只有綾香一個人有些震驚，緊抿嘴唇，其他人都一臉不在乎。羽依甚至說：「只是要講這個喔？我剛和朋友講電話講到一半，先回房間去了。」從沙發站起來跳過椅背，踩著輕盈的腳步爬上樓梯，回二樓房間去了。

「爸不會給大家添麻煩。」

平時處在陰盛陽衰的家中，同時對飲食完全不講究的父親低聲說道，也觀察其餘兩姊妹的反應。

「可以啊，我也會盡量在大學吃飯。」

凜語氣有些歡欣地說。母親看到這樣的凜，以及沒有表露感情的綾香，嘆了一口氣，疊起長年穿戴的日式圍裙，在懷裡捲成一團說：

「不是盡量，而是每餐都要自行解決。我有時候也會煮自己跟妳們爸爸的份，但可別指望我會幫妳們煮。啊，累死我了。光是想到往後不必再煩惱要煮什麼，人生就好像開闊了一倍，神清氣爽。」

「媽太誇張了啦。」

看到母親盡情伸懶腰的模樣，凜靠在沙發上笑道。

「媽，一直以來謝謝妳了。」

綾香是唯一好好道謝的女兒，父親也接著急忙低頭行禮；母親依舊一臉嚴肅，「嗯」地點了一下頭，嘆著氣離開客廳了。凜也想道謝，卻錯失了時機。因為有個彆扭的念頭掠過她的心裡：比起出社會的綾香，還在讀大學就被母親宣布再也沒有「媽媽的味道」可吃的羽依跟自己，豈不是太可憐了？但話又說回來，之前都得為了趕上晚飯而提早回家，或是忘記聯絡今天不回家吃飯，惹得母親大發雷霆，她可不想再回到這種百般拘束的日子。凜成長在「在家吃飯」是天經地義的家庭裡，對她來說，外食甚至令她憧憬。先前因為家裡有煮飯，所以不怎麼想去的餐廳，以及母親總是說不健康而不准她們吃的速食，現在，每一樣她都想嘗試看看，夢想開始無限壯大。學生餐廳雖然便宜，但意外好吃，或許可以午晚兩餐都吃那裡。

然而不到半年，凜就受不了外食的重口味，最終和深有同感的姊姊們一起懇求母親再次掌廚，母親卻冷冷地拒絕了。母親體驗到和主婦老友們一起投入嗜好、學習新知、外出遊玩的樂趣，甚至很少在晚餐時間回家吃飯了。母親開始外出遊樂之後，表情變得開朗，也開始會開懷大笑，因此家人也捨不得把神采奕奕的母親綁在家裡。

奧澤家和親戚長年來都公認，母親長得跟三姊妹任何一個都不太像。不過將怒濤般接連出世的三個孩子拉拔長大，並且從煮飯等家務中解脫之後，母親嚴肅的表情變得柔和，多餘的脂肪消失，臉部輪廓從歲月的堆疊中掙脫出來了。這下便看得出那渾圓的眼睛就像長女綾香，薄唇就像次女羽依，豐滿的臉頰就像么女凜。不過母親粗壯的鼻梁，倒是沒有遺傳給任何一個孩子。

如此這般，跌跌撞撞的晚餐輪班制開始了。凜因為升上研究所忙於學業，而羽依天生討厭做飯，總是拜託綾香代打。綾香也不可能平白幫忙，每次兩人請她幫忙準備晚餐，就得支付她三百圓，次數一多，對荷包是頗大的負擔，因此兩人把這筆錢稱為「晚餐稅」。家人們都說，綾香的薪水加上晚餐稅，應該存了不少錢。

有一次吃飯的時候，羽依調侃綾香：「妳是在存將來的結婚基金嗎？」把綾香氣得滿臉通紅，真心動怒，從此以後，打聽晚餐稅的用途便成了奧澤家的禁忌。

綾香的牛肉燴飯，今年已經是第六次登場。

「妳買了高級牛肉？」

母親每次買了高級食材，都會炫耀「這是高級肉喔」。受此影響，凜只要看見用肉店的油紙包起來的肉，就忍不住要問。

「一點都不高級。牛肉燴飯的肉，最好是脂肪多、快壞掉的甜甜牛碎肉。」

「這是快壞掉的肉？」

凜瞪著和番茄醬及豌豆混合在一起的牛肉，驚訝地問道。

「不是啦，是今天剛買的。不過不是高級牛肉，只是普通牛肉，要慢慢燉煮到甜味出來。」

「姊為什麼對牛肉燴飯這麼執著啊？明明是滿冷僻的一道菜不是嗎？」

「我很小很小的時候，電視經常在播牛肉燴飯醬料塊的廣告。一定是被它洗腦了。哎呀這裡有牛肉……」

姊姊突然唱了起來，把凜嚇了一跳。

「洋蔥，這裡有洋蔥……碎牛肉飯，無敵美味……啊，搞錯了，原來歌詞是碎牛肉飯，不是牛肉燴飯。」

「姊，妳清醒點好嗎？」

凜丟下發現記憶中的歌詞是「碎牛肉飯」而非手中正滾沸的「牛肉燴飯」醬汁，因而一笑置之、著手準備沙拉的姊姊，爬上二樓自己的房間。

明天研究所的生物多樣性討論課堂上，她要進行個人發表，因此得在今天寫好物種多樣化及系統分類的綱要，並擬定要講的內容。雖然拿出了書和講義，卻提不起勁動腦，躺倒在床上。躺下來後，視線前方的天花板上貼了一張視力檢查表。是保健室常見的、有各種方向的「C」的圖表。天花板的比保健室的更小一些，因為是凜讀小學的時候就貼上去的，邊緣都泛黃了。現在有些符號就算戴著隱形眼鏡也看不見，但凜全背起來了，因此總是向人炫耀自己的視力有二・零。

右、左、下、右下、右、上、左、右。

替她貼上這張表的父親，沒有想過她可能會把符號順序背起來嗎？儘管心想別再玩了，但每次躺到床上，卻總是忍不住會依著老習慣閉上一眼，仰望天花板。

下、左、右、上、左、左上、右、下。

細微的聲音和風壓，讓凜得知玄關門打開了。屋子因為突然灌入的新空氣而緊繃膨脹，門關上的同時，又縮回原狀。每當住在這個家的人出門或回來，屋子就會像這樣跟著一呼一吸。從爬上二樓的腳步，凜聽出是羽依回來了。羽依總是用力蹬出聲響，節奏十足地上樓。

「凜，妳聽我說！」

凜也察覺羽依並沒有直接回自己房間，而是看到凜門縫的燈光，也不敲門就直接開門。老樣子了。

「幹麼？我在睡覺。」

明明在做視力檢查，凜卻發出含糊的聲音，裝作被羽依吵醒的樣子，揉著眼睛慵懶地爬起來。她不想被羽依以為她很閒。

「前原先生剛剛傳簡訊來，妳看，這太誇張了吧？」

羽依坐到床上，亮出手機畫面，凜探頭看去——

我當然愛妳，但我不懂無論如何都想見面的心情。想見面的時候再見面，就好了吧？

看完之後，凜無力地別開目光。世上的情侶，總是互傳這麼膩人的簡訊嗎？看了都要反胃。

「不會太扯了嗎？就算要拒絕，一般也只會寫句『很抱歉不能見面』吧？」

「不是因為妳任性吵著要見面嗎？」

「我才沒有。我說：『剛交往的時候，一般情侶應該更常見面吧？』結果他就這樣回我。裝模作樣，自以為是大情聖嗎？總覺得他認為是我在撒嬌『不管不管，人家就是要見你啦！』這男的到底以為他是誰啊？」

「他應該很受歡迎吧？」

凜記憶猶新，三個星期前，羽依開心地回家宣布，說她在剛進公司的新人研習上已經交到男朋友了。對方不是跟她一樣的新進員工，而是以指導人員身分參加研習的上司前原智也，雖然年過三十，對新進女員工們來說是最受歡迎的一個對象，當然也是全公司單身女職員的目標。萬一招來她們的嫉妒怎麼辦——當時羽依還喜孜孜地這麼說。聽聞前原一再叮囑羽依千萬不要把兩人交往的事洩漏給公司的人，凜覺得這個男的問題重重，但羽依正在興頭上，她不想澆冷水，便祝福這段戀情。

「或許他是很受歡迎，可是因此自我陶醉，這種男人我覺得不太對欸。起碼也該謙虛點，像是不去在乎自己其實很受歡迎，或是即使知道，也能謙稱：『怎麼會有人看上我這種人？』前原先生想要酷，可是那根本不酷。身為關西的男人還這麼不瀟灑，簡直完蛋嘛。」

羽依不滿地垂下頭說，側臉被染成漂亮栗色的頭髮蓋住了。羽依的鬈髮維持一早在洗臉台前細心燙好的狀態，即使到了傍晚的現在，也依然完美。

「我決定了。如果他就只知道說些裝模作樣的話，也不肯跟我約會，我就要假裝被他迷得神魂顛倒，對他百依百順，等到他完全放下心來，再狠狠地甩了他。幸好我們還沒上床，也還沒跟公司裡任何一個人說過，還可以重來。」

「何必這麼麻煩，不喜歡就快點分手嘛。」

「就這樣分手，有辱我羽依的名聲。我才不會這麼便宜他。」

羽依對自己的魅力，擁有和前原差不多——不，更勝於前原的自信。從國小到大學，學生時代的每一個階段，羽依都是周遭男生的夢中情人。凜和羽依念同一所小學，每到午休，都看見她在操場的樟樹下被男生簇擁。到了高中，羽依總是和才藝出眾、外表陽光的男生手挽著手走在一起。羽依也很擅長挖掘新人，被她發現長處、雖不起眼卻是塊璞玉的男生在和羽依分手後，身價便會水漲船高。羽依沒有交情長久的同性朋友，不過和對男生沒什麼興趣的妹妹凜，因為個性相差太多，反而在成長過程中從未發生過衝突。

「凜，羽依，吃飯了！」

綾香在樓下喊道。

「好，馬上去！」

姊妹齊聲回應。以前母親一樣會從一樓呼喊，但這群姊妹卻總是毫無理由地賴在各自的房間，直到母親怒吼：「飯菜都要涼了！」等到自己開始負責做飯，才知道這種行為有多惱人，終於知道要立刻下樓了。

「妳知道今天吃什麼嗎？」

「牛肉燴飯。」

「咦？又來了？我怎麼覺得老是在吃姊做的牛肉燴飯。雖然是很好吃啦。」

「她好像把牛肉燴飯跟碎牛肉飯搞錯了。」

「牛肉燴飯跟碎牛肉飯不是一樣的東西嗎？」

「咦？是嗎？」

「味道一樣吧？我是不曉得啦。」

在羽依之後才回家，早已沖澡完畢的父親先在餐桌坐下了。老花眼鏡被他自己身體的熱氣薰得霧白。

「爸，你回來了。」

「我回來了。」

父親已經把沙拉和杯子在桌上擺好，姊妹只需要坐下就行了。綾香戴上隔熱手套，端來盛了牛肉燴飯的盤子。

「爸，這樣夠嗎？」

「可以，謝謝。」

冒著蒸氣的盤子陸續擺到各人面前。

「姊，我只吃醬料，不要飯。」

「羽依，妳又不吃飯了？牛肉燴飯就是要配熱飯才好吃啊。」

不吃碳水化合物和甜食的羽依聽到綾香的話，眼神游移，但仍舊貫徹意志。除了羽依，每個人的盤子裡都盛了白飯。

「開動了。」

以豌豆的青翠做為點綴的牛肉燴飯，番茄的酸味與燉煮得軟嫩的牛肉風味渾然天成，紅酒調味也十分濃郁，說不出的美味。這道菜只有能夠耐性十足地燉煮到所有食材都入味的綾香才做得出來。餐桌旁邊母親的座位是空的，椅子成了無處可去的廣告傳單放置處。

「媽去哪了？」

「跟吉田阿姨去祇園的歌舞練場看都舞[1]，說晚飯會一起在那附近吃。」

父親邊吃牛肉燴飯邊搖頭說：

「她也真懂得享受，居然可以找到這麼多事情做，成天往外頭跑。」

「媽說，難得有田先生幫忙弄到票，今天又是都舞表演的最後一天，無論如何都該去看一下。」綾香模仿母親的口吻說，凜稱讚：「妳的語調跟媽一模一樣！」

「我也想看看都舞呢。我連一次都還沒有看過。鮮紅色的歌舞練場上，會有穿著漂亮和服的舞妓一個個走出來，像人偶一樣跳舞對吧？我也想穿上粉紅色的絲綿和服，配上嫩草綠的腰帶去看舞。」綾香拿著湯匙，一臉陶醉地說。

「我最討厭舞妓了。五官平板，不塗成泥牆就見不得人，卻每一個都自我意識過剩得跟什麼似的。就算晚上在路上遇到，我也會撇開頭，看也不看她們。這也是在宣戰，表示如果是我穿戴成那樣，絕對比她們美上太多了。」

「羽依，妳的個性真的有夠差耶。」凜欽佩地喃喃道。

「這孩子的不服輸，根本到了異常的地步。我覺得舞妓那種穩重婉約的氣質很高雅，我很喜歡。」

「姊，妳那是廢話嘛，哪一個舞妓會吱吱喳喳跟人說真心話？倒不如說，如果說個不住、笑個不停，舞妓就不叫美人了。不管長得再怎麼漂亮，也會被打進厚臉

1　都舞是每年四月，京都的祇園藝妓在歌舞練場表演的舞蹈。

皮或歐巴桑這些美女之外的種類，永世不得翻身。會減損神祕的魅力。俗話說，人不是只看臉，這話說得真的不錯。個性很重要，雖然聽起來很鄉愿，不過即使用更嚴格的意義來看，也完全禁得起考驗。」

「羽依真的是活得口無遮攔呢。」

「嗳，這就是我的美中不足之處啦。」

笑聲四起，餐桌的氣氛變得明朗，眾人胃口大開。

「對了，姊和羽依，要不要去植物園看玫瑰？花季馬上就要到了。」

羽依從小就堅持不肯別人叫她姊姊，要小她一歲的凜也直呼她的名字。人家才不想當什麼姊姊——年幼的羽依硬是死守么女寶座，凜也沒理由違拗，出於習慣，一直以來都叫她「羽依」。

「植物園？之前不是才一起去賞櫻嗎？我不是很有興趣耶。」綾香動著湯匙，訝異地說。

「什麼時候要去？黃金週連假我也有很多計畫。」羽依也不是很起勁的樣子。

姊姊們毫不熱絡的反應令凜焦急起來：

「我在想下下週怎麼樣？和賞櫻不一樣，京都府立植物園的玫瑰園非常壯觀喔，我看到網站的照片，好像有三百種以上的品種。地點又近，一起去看看嘛。」

「下下星期不行。」

「為什麼？妳跟前原先生又見不到面。」

「現在是這樣，可是日子還久，搞不好他會來約我。」

「羽依居然會為了男朋友保留週末，真難得。看來這次很認真喔？」

聽到姊姊的話，羽依聳聳肩說「倒也不是」。

「姊呢？若不是週末，休館日的星期二去也行。」

「那時候我打算去四条。」

綾香是圖書館員，週休二日，休館日的星期二固定休假。綾香沒有男朋友，假日通常都一個人，或是和朋友自由自在地度過。

「咦？姊去四条做什麼？」

「看電影買東西。我們要幫圖書館的看圖說故事活動做手繪海報，所以我想去Loft買材料。真可惜。」

「妳不邀爸爸嗎？」

父親從旁插口，嚇了凜一跳。

「咦？爸跟玫瑰，很可怕的組合欸……唔，好吧，爸願意跟我一起去嗎？」

「抱歉，下個月每個週末松山保齡球場都有練習賽。」

「什麼嘛，那幹麼問我？」

年過六十的父親雖然延長了雇用期限，但分派到的工作減少，同時他開始前往附近的松山保齡球場練球。凜疑惑對父親這個年紀來說，打保齡球對腰腿的負擔不會太大嗎？但似乎有許多同世代的保齡球玩家，父親加入銀髮同好會，三不五時出門打球。父親開心地擺出投保齡球的姿勢，但動作虛軟，令人懷疑他真的拿得動沉重的保齡球嗎？

父親叫奧澤螢，他曾向家人抱怨他討厭這個名字，覺得女人味太重，而且螢火蟲的光既微弱又短命，如果能選擇，他情願叫「奧澤繁」之類男子氣概十足的名字；不過從外貌的氣質來說，父親完全符合螢火蟲的形象。但父親意外地喜歡散步或打保齡球等各種運動，每次去市立游泳池，總是以他纖瘦的身體像水蜘蛛似地輕快暢游。

「別看什麼玫瑰了，妳可以來看爸爸大顯身手。」

「不用了。大家都好忙喔。」

「妳一個人去就好了啊。」

「唔……那樣也有點沒意思耶。」

在鴨川邊靈機一動，覺得是個好主意的玫瑰園之遊，在眾人拒絕下，也顯得魅力全失。

「還有兩星期嘛，一定可以找到人陪妳去的。」

綾香對沮喪的凜安慰道。父親站起來去盛第二盤牛肉燴飯。

凜會做奇妙的夢。自小她便再三夢見在同一個小鎮遊玩的夢境。那是個不存在的小鎮。夢見的次數多了，她試著畫出地圖，結果竟完成了一張完整的小鎮地圖：這裡有小徑，旁邊有公寓，經過之後右邊有農田，公園對面是樹林，轉乘公車抵達的其他城鎮最大的商業設施裡面有電影院、飯店和溫泉游泳池……。是從來沒有在現實世界中住過或去過的、完全嶄新的小鎮。

相反地，也有只夢見過一次、內容莫名其妙，長年來卻怎麼也忘不了的夢。那是她高中某次打瞌睡做的夢，在夢裡，凜身子打橫坐在置於地板的繪卷旁邊看著。繪卷以黑墨畫了許多類似《鳥獸戲畫》[2]的圖案，看起來就像古代的繪本，但唯一不同的是，每一個圖案都栩栩如生地活動著。凜愉快地看著，突然耳邊響起奶奶的呻吟聲，讓凜陷入一種說不出的恐懼。「行幸經過，行幸……」奶奶痛苦地喃喃，這時她驚醒了。

是毫無邏輯的常見惡夢，凜卻無論如何都忘不了，是因為她置身於夢與現實交界時，剛好聽見了奶奶的聲音。也就是呢喃聲在她將醒之時於耳畔響起，那幾乎就像在現實中聽見的可怕觸感，盤據在她耳底，怎麼樣都不肯消散。醒來一看，身邊沒有人，電視也是關著的。

另外，「行幸經過」這句話有個特徵，四個音不只是音，還以文字形式清楚地浮現在腦海。

行幸經過

如果那是奶奶的鬼魂入夢，應該要看到生前與她有關、或是與她有冤仇的人的名字，像是與「行幸」發音同為「miyuki」的「深雪」或「幸」。但「行幸」不像人名，她也從來不曉得有這樣一個詞。姑且查了一下辭典，結果查到「行幸：天皇

2　全名為《鳥獸人物戲畫》，據傳為日本十二至十三世紀，由多名作者所完成。內容以動物和人物戲謔地表現當時的世相，頗有今日的漫畫風格。

出巡」，更教她一頭霧水了。

今晚會做什麼樣的夢？凜拍了拍從小用到大、尺寸抱起來恰到好處的大枕頭，拍鬆之後再躺倒。閉上眼睛豎起耳朵，聽見綾香洗完澡用吹風機的聲音。如果一直住在這裡，即使過了三十歲、四十歲，我還是會住在「兒童房」。想要離開的話，就只能自己找到機會。

八點剛過，速霸陸的廂型車在家門前停下。天氣不巧是陰天，氣象預報說近江舞子地區甚至可能飄起小雨，但須田電子的新進員工還是沒有放棄烤肉活動。羽依聽見二樓窗外傳來禮貌的喇叭聲，隔著窗簾確定停在門前的車子，於是結束鏡前的最後檢查，拿起L.L.Bean原創印有字母「U」的大型托特包，原本最後要在手腕噴上柑橘系香水，還是打消了念頭。和眾人同乘一部車前往目的地的途中，如果香水味太濃，或許會讓別人認為她是個只知道打扮，毫不考慮他人觀感的女人。走下樓梯一看，穿著睡衣的凜正在玄關晃來晃去。

「啊，羽依，早。我們家前面停著一輛不認識的車子欸，是不是應該去應一下門？」

「沒事，是我同期同事。大家要一起去烤肉。」

「咦！要去鴨川烤肉嗎？」

「鴨川禁止烤肉啦。我們要去近江舞子。」

「去那麼遠喔？」

對於不怎麼離開京都，凡事都習慣在京都解決的京都人來說，只要離開京都一步，即使只是去鄰縣，都覺得是出遠門。

「才不遠呢。我搭同事的便車去。」

不能讓同事看見長及耳下的頭髮翹得亂七八糟又沒化妝的妹妹。羽依開門的時候，用身體擋住凜，免得被同期看到，站著穿上鞋子。穿著紅色格紋睡衣的凜好像是半睡半醒地跑下樓來，打著赤腳，連拖鞋都沒穿。

「凜，妳去睡回籠覺吧。我出門了。」

在凜揮手送別下，羽依掩上玄關門。

廂型車載上了羽依以外的所有成員，早已充滿了歡樂的假日氣息。羽依在車內同事頗為興奮的情緒迎接下，坐到副駕駛座後方的空位。車子裡加上羽依總共七個人，不過這是京都組的成員人數。須田電子的總公司位在京都車站附近，員工住處分布各地，住在京都的最多，但今天還有住大阪和滋賀的員工參加。他們預定各別前往，同乘一部車過去的只有京都組。

「真的太感謝梅川出車子了！這下就可以載烤肉用具了。如果是租車，要注意很多細節，非常麻煩。」

「也謝謝梅川幫忙開車！回程的時候不好意思，也要麻煩你囉！」

聽到大家七嘴八舌地感謝，梅川看著前方低頭行禮。梅川提供自己的車，來回都由他開車，連酒都不能喝，受到眾人感謝是天經地義的事。對於形象加分許多的他，其他男同事會怎麼想？羽依看著男人們乍看毫無心機的笑容思忖著。眾男子會覺得被超前一步嗎？或者只是單純地覺得幸運？

「出社會第一年，居然買得起速霸陸的Exiga。這是家庭休旅車吧？」

聽到從副駕駛座向梅川攀談的前原那過度悅耳的聲音，羽依一陣煩躁，血液幾乎快沸騰起來。自從在研習中與新進員工拉近距離以來，本來應該只有新人們參加的活動，前原每次都會獲邀，而他也理所當然似地參加，微妙地擺出前輩架子。

「咦？梅川已經成家了嗎？難怪這麼成熟。」

「居然祕密結婚！怎麼不跟我報告一聲呢？」

幾名同事附和前原的話，紛紛提出梅川已婚說，車子裡頓時鼓譟起來。梅川一手握著方向盤，另一手在旁邊揮著，做出「不是、不是」的手勢。羽依聽見他說「是為了跟釣友一起去釣魚」。

「居然為了釣魚買這麼好的車子？太可疑了。啊，其實不是釣魚……而是釣女人吧？」

前原的話，引來車內一片近乎假惺惺的大爆笑。平常的話，這種發言一點都不好笑，是因為前原以帥俊的面孔自信十足地說出來，才能得到這種效果。幹麼自以為是地逗弄新人啊？白痴啊？羽依心裡罵著，卻也擺出和其他人一樣的笑容。因為她之前已經決定，要裝作為前原神魂顛倒的模樣，熱烈地倒貼，然後找時機，冷不妨撒手。

對新進員工來說，好不容易考進來的公司，上司竟是令人憧憬的存在，也會教人拿捏不準應該尊敬、禮讓到什麼程度才好。前原和其他上司不同，巧妙地利用這種心理，清楚地對新員工展現出簡單明瞭的距離感。即使沒有直接說出口，但從對話當中，他明確地畫出界線表示：我值得依賴，是可以跟部下開玩笑的上司；但是在公事方面，是必須心懷尊敬、嚴肅應對的上司。

與前原打交道時，只要遵守前原世界的規則，就不必費心琢磨揣測，新人也容易與他交談。此外，前原也很擅長讓眾人認為他是公司不可或缺的人物。真的就是有這種男人，特別會扮演年輕人的理想、裝出陽光又能幹的大哥哥角色——先前完全著了他的道的羽依為時已晚地心想。曾經興奮地和同期討論「真想變成像前原先生這樣的人」的那個夜晚，她早已忘得精光。才剛交往就被冷凍這件事，傷了向來自視萬人迷的羽依的自尊心。相反地，前原在人際關係上的種種心機，開始令她難以忍受。

結果公司和大學社團在結構上也沒什麼兩樣——羽依想起因為太有趣，結果沉迷到差點害她留級的社交型運動社團。特別會耍嘴皮子裝樣子的傢伙君臨金字塔頂端，其他全是些輕薄的追隨者。不過這種社團也有可取之處，撇開表面上的權力之爭，水面下整個團體無時無刻都在針對個人實力進行審查，真正優秀的人會慢慢地嶄露頭角，虛有其表的人則是在漫長的時間裡逐漸被淘汰。

坐在羽依後面的兩名女同事已經打開帶來的零食，餅乾棒也傳到羽依這裡來。說是同期，不久前還是陌生人，女同事雖然坐在一起，但對話熱絡不起來，氣氛有些尷尬，所以才會拿出零食救援吧。拿到餅乾棒的其他男同事雖然嘴上道謝，卻也不怎麼開心的樣子，羽依決定晚點再拿出自己的零食。

「這個好好吃呢，讓人想起畢業旅行。有人會趁著男生睡著的時候拿餅乾棒插他們的鼻子。」

羽依轉向後面笑著說，女同事們露出開心的笑容。不管跟任何人都能炒熱對話的羽依，在密室空間裡需要對話的時候特別受到器重。

近江舞子的天氣如同預報，不甚樂觀，但幸好沒有下雨，須田電子的員工立刻開始準備烤肉。久違的琵琶湖與黑糖色的湖畔，讓羽依的心緊緊地揪了起來。小時候，她好幾次到琵琶湖這裡來玩「海水浴」。父母指著琵琶湖說「這就是海」，欺騙從未見過真正大海的女兒。

「妳看，有波浪啊。嘩……嘩……地拍打過來。下去游泳吧。」

事實上琵琶湖真的有陣陣波浪，波浪的表面還浮著一層詭異的油，也許是防曬油。羽依腰上套著泳圈，歡呼著跳進「海」裡，雖然納悶「聽說海水是鹹的，原來並不鹹」，但還是和姊姊彼此潑水嬉鬧。因為在「海」裡泡了太久，當天晚上上床之後，一閉上眼睛，感覺好像仍然在波浪裡漂蕩著。

第一次看到真正的海，是國中和親戚去旅行的時候前往的志摩御座白濱，與一直以為是「海」的琵琶湖相比，規模相距之遠，令羽依整個人都傻了。當然，那時候的羽依已經知道琵琶湖並不是海，而是一座巨大的湖，但無邊無際的水平線及白浪的迫力，還有海水的透明度，甚至讓羽依怨恨起父母來：我之前誤以為是海的，到底算什麼東西！

但是上了大學，在旅行中見識過沖繩與夏威夷等清澈的皇家藍大海後，羽依暌違許久再次回到琵琶湖時，卻重新改觀：對我來說，海就是琵琶湖。兒時高呼：是海！是海！打著赤腳全力奔過沙灘的回憶，即使在已經知道那是湖的現在，也絕對不會褪色。那是嵌著泳圈漂浮在平靜水面上的珍貴回憶。

不好，這種時候發呆，會落後別人的。望了琵琶湖好半晌的羽依轉過頭去，加入烤肉的準備工作。烤肉活動的前半，每個人都會卯足了勁想要表現自己有多能幹，因此若是心不在焉，很容易就會落入無事可做的窘境。不過羽依今天的計畫，是前半的準備階段不要太出鋒頭，讓出切菜洗米等明星任務，只稍微幫忙一下；等到眾人酒足飯飽，開始懶散鬆懈的時候，再攬下收拾善後這些沒什麼人想做的工作。

如果是朋友一起烤肉，她不會想這麼多，但是與工作有關的活動，這類場合的行動會影響到平日在公司的風評。大肆表現，自以為幹練女性的舉動，只能到大學為止；現在已經出了社會，比起出鋒頭，更應該放寬視野，展現出真正體貼的女性風範。即使是低調到看起來很無聊的丟垃圾等工作，一定也會有人注意到的。

「啊，我來我來，交給我吧！」

兩名個性文靜的女同事彼此客氣，為了誰來切菜而互相禮讓菜刀，這時衣著曝露的關插了進來，一把搶過菜刀，開始切起紅蘿蔔。她以意外女人味十足的動作俐落地切菜，前原見狀出聲：

「哇，很熟練喔。是在家也常做菜的架勢。」

關開心地說：「才沒有呢。」正在用削皮器削馬鈴薯的羽依一次也沒有看他們兩人，但雷達當然滴水不漏地監控著。白痴啊，教人傻眼。不過關表現到那麼露骨的地步，倒也乾脆。她好像看上了前原。

當大阪組的關穿著熱褲配七分袖鈕釦領襯衫現身沙灘時，單細胞的男同事都驚呼起來：「喔！」關穿著遮不住半截大腿的牛仔褲，修長的大腿配上纖細的腳踝，腳上踩著完全不適合在沙灘行走的厚底涼鞋，頭上則戴了頂寬簷女星帽。竟然不要臉地搶鋒頭到這種地步，其他女同事也無法視而不見，只好稱讚：「身材好好喔！」男同事雖然歡呼，但裡頭應該也有不少人退避三舍。不過這裡沒有女性前輩會酸「關，腳會被蚊子叮喔」，因此她豁出去的打扮大獲全勝，為烤肉增添了熱鬧與活力。羽依在家裡雖然毫不隱藏自己，要求家人關注，在外頭畢竟也知道要收斂；不過看到身邊有個女人比自己更受矚目，還是教人氣得牙癢癢的。正因為深知自己長褲底下的一雙腿，線條之美更勝於關，羽依真想索性換上泳衣，當場跳進琵琶湖。

關華麗地切完菜後，用調理筷把肉放到烤網上，一邊被油燙得尖叫連連，一邊將烤好的牛肉和香腸一一夾到男員工的盤子上，受到愛吃肉的男仕們連聲感謝。當然，她不著痕跡地夾給前原最多肉。由於她的活躍，女同事裡有人最後什麼忙都沒幫到，無所事事地杵著，只能享用完成的料理，被男同事奚落：「這麼輕鬆，真幸運喔？」在這種氣氛下，那個女同事幾乎被烙上了「她可能會把工作推給別人，自己納涼」的形象，只能苦笑夾起紙盤上的豆芽菜慢慢吃；但其他女性似乎也在同時間察覺到，其實她才是真正體貼，能任勞任怨做些不起眼工作的人。

至於男人們，開車的梅川被其他人說「辛苦你了，噯，你坐著休息吧」，因為不能喝酒，被塞了瓶可爾必思，乾坐在一旁，遭到孤立。男性圈子裡充滿了「不能再讓你繼續出鋒頭」的氣氛，羽依不禁想，男人的社會也好可怕。

他們以前也曾經一群同期去打保齡球，當時男仕之間的火花也非常驚人，眾人表面上裝作只是在打保齡球，卻能感受到他們心裡根本不把這當成遊戲。一名男同事帶來自傲的美女女友，在自己投球時為他嬌喊助陣；團體賽時，眾人也為了名次而拚得你死我活，就好像分數反映了在公司的業績。女同事裝作完全沒察覺男人間的意氣之爭，負責以悠閒的態度和笑聲緩和場上的殺氣。

烤肉的火弱了下來，男人們煞費苦心生火，這時前原瀟灑登場，微妙地調整木柴的堆疊方式，改善空氣對流，火焰一下子便熊熊燒了起來。看見前原受到女性一致喝采，羽依內心再次咒罵：你就是這樣，老是一個人獨占功勞，才會被同期跟上司討厭。這下贏得心靈還算純潔的新進員工全心尊敬，太好了呢。不過你能得意也只有現在了，好好把握吧。

自從抵達近江舞子後，前原就避著其他人的目光，真的是不著痕跡地偷偷與羽依對望；羽依留心別像先前那樣喜上雲霄，卻也表現出「我最愛你了」的演技回望他。從前原不時吹起的清亮口哨音色，可以一清二楚地看出他心情絕佳。

前原雖是個風雲人物，卻又帶有過於濃重的陰鬱氣質，羽依之前就是被他這種矛盾特質所吸引。人前人後有兩種不同的面貌，這實在太令人在意了。明明累得要死，與人交談的時候，還是會佯裝興致高昂，好讓對方盡興，而勉強切換成交際模式，炒熱氣氛。

前原說話的時候，有時引擎還沒有完全打開，這種時候的他，眼神空洞，臉部肌肉整個鬆垮，就像個斷了線的傀儡人偶。只有語氣維持一貫的輕快，從「最近怎麼樣」、「妳今天的衣服好漂亮」這些細節開始聊起，然後引擎才會漸漸熱起來。本人似乎完全深信自己表現得無異於平常，沒有人察覺他的疲累和倦怠，這樣的他也教人憐愛。

羽依隱約察覺，她會被前原複雜的一面所吸引，是因為自己也有著類似的一面。今天的日本和平無戰事，然而卻不知為何，有人仍不停奮鬥著。他們共同的特徵是，眼神如鷹，一旦動怒，血液便熊熊燃燒起來，為了贏得勝利，能夠冷酷到令人咋舌的地步。即便不到前原那種地步，但羽依早已察覺自己也是同類，以及這樣的鬥志很容易被誤以為是魅力，因為這層理解，她才能捕捉到前原這種特質。

急急忙忙吃著表面一下子就烤焦的肉和蔬菜，打開燒酎調酒和啤酒罐暢飲，果然爽快。剛好陽光從雲間射下，眾人歡呼起來，就好像是他們成功召喚了太陽。有個男同事喝得太多，把這場合當成了大學社團活動，露出半顆屁股，不斷遭到抗議，才總算拉起褲子；接著眾人各自和投合的夥伴聊起天來。酢橘沙瓦的微醺恰到好處，羽依暫停出於算計而行動，加入同樣喝醉的一群人天南地北地閒聊。隨著醉意上來，多數人開始聊起工作；男同事七嘴八舌地熱烈提出意見，像是「我因為喜歡公司，所以有些地方我覺得不太對」、「我想一步步改進缺乏生產性的環節」。看在羽依眼裡，他們並不像是一群因為熱血而激動討論的新人。真要說的話，更像是將來步入中年後，會賴在居酒屋拿對公司的不滿當下酒菜，大發牢騷的麻煩員工預備軍。

有時會有少數女性加入他們，就像便當盒裡用來點綴的香芹；她們十分清楚自己的角色，眼神嚴肅地點頭聆聽；但是不出幾年，她們也會變成腦袋空空的老員工，打斷說：「喂！不要聊那種掃興的話題啦！」

「不曉得為什麼，最近晚上睡覺，我的腳都會抽筋呢。」

一位明明是同期，卻不知為何堅持用敬語說話的男同事說道，羽依忍不住苦笑。不過這半醉半醒的狀態，總比聊工作更輕鬆，因此羽依和其他幾人一起聽他抱怨健康狀況。

「會不會是水分還是營養不足？或是疲倦、壓力。還是懷孕？孕婦好像很容易腳抽筋。」

「我怎麼可能懷孕？唔……是太疲勞了嗎？」

「我做那個都會抽筋。」另一個男員工說。

「做哪個？」

「就是體重壓在腳上的姿勢，注意到的時候就抽筋了。我都哈哈笑著掩飾過去，繼續做下去，可是對方都會問：你是怎麼啦？」

「所以說，『那個』到底是哪個啊？」

兩名男性的對話似乎就要轉向黃色話題，羽依笑了笑，眼角餘光掃到佇立在琵琶湖畔的前原和闊。兩人手中都拿著啤酒罐，面帶笑容，闊打赤腳泡在湖水裡。緞帶鬆開的厚底拖鞋掉在稍遠處的沙灘上。如果兩個都是新人，應該會有人插進去攪局說：「喂，禁止兩人世界！」但其中一個是前原，大家可能不好干涉，都裝作沒看到的樣子。闊完全不在乎旁人的眼光，對前原露出燦爛的笑容，自以為在演出清爽的啤酒廣告，彷彿在宣布：我一站在這裡，連琵琶湖都會變成加勒比海的沙灘！

比起嫉妒，羽依瞬間心頭滿是前些日子受到前原青睞，開心得飄飄然，甚至答應和他交往的自己，頓時羞愧得幾乎要滿地打滾。為什麼女人——或者該說我，會對出色男性的肯定如此無法招架？明明再怎麼出色，頂多就是一方土霸，只不過是被井底蛙給看上罷了。新人研習那時候，其他人看見雙頰潮紅地和前原說話的我，觀感一定就像現在看到關的我。

此外，前原以顯而易見的手段撩撥嫉妒的手段，也令羽依倒盡胃口。有時候，某些男人明明不是那種會搭訕女人的型，卻莫名積極地朝她送上大膽的眼神，或態度輕鬆地向她攀談。羽依也和善地回應，結果他們的女友或妻子便會頂著一張厲鬼般的寒霜笑容，湊到男人身邊，彬彬有禮地向羽依寒暄。這種時候，羽依總想咂舌頭：我可不是你們小倆口助興的工具！

為了讓女伴嫉妒而親近其他女人，這種男人的共通點是平常自尊心極高，絕對不會隨便搭訕女人，或對女人送秋波。前原也符合這些特質。獨自一個人的時候，如果主動搭訕亮眼的女性，卻遭到冷漠的拒絕，會傷到自己，也可能被當成可疑男子，所以他們絕對不會這麼做。但如果身邊有個女伴，只是看到自己跟其他女人交談就會嫉妒，就能維護自尊心。就類似頑童知道母親總是守護著自己，也知道做得太過火會挨罵，卻故意跑得遠遠的，不停惡作劇。

正確地說，今天的自己不是被拿來助興，而是被助興的主角之一，但還是一樣覺得窩囊。

烤肉網上殘留著直到最後都沒人吃、沒烤熟的玉米塊。其中一面已經烤得焦黑了，另一面卻幾乎還是生的。網上還散布著不受歡迎的高麗菜和蘿蔔等等，羽依開始焦急：如果收拾掉那些東西，是不是會被認定為失敗組？根據當初的計畫，差不多這個時間就應該要開始若無其事地收拾善後。但大家都還在喝酒聊天，完全沒有人要起身收拾的樣子。開動之前的準備時間意外地久，考慮到結束時間，現在不開始收拾，感覺會來不及；但是對眾人來說，自由的時間好不容易才剛開始，應該捨不得就這麼結束。

大家都還在休息，卻擅自開始動手收拾，可能會被認為不懂得察言觀色、很婆婆媽媽，有損自己的評價。但即使想要撇下善後工作，再次加入對話，一看到前原和關那副模樣，原本靠酒精催化出來的愉悅心情也整個煙消雲散，難以再次恢復高亢的情緒。結果羽依顧慮太多，幾乎沒法享受烤肉。

羽依私下悄悄嘆了一口氣，起身拿夾子開始夾起網上烤焦的食物，丟進垃圾袋。她正在和黏在網上的焦黑殘渣格鬥，這時梅川湊了上來。他手上的飲料從可爾必思換成了伊藤園綠茶。

「我來吧？」

「啊，謝謝。」

羽依把夾子遞過去，梅川按著網子，強而有力地夾起焦黏的殘渣，丟進垃圾袋。羽依接回夾子，夾住玉米，猶豫不決。

「怎麼了？」

「這個還可以吃，覺得有點可惜。」

喃喃之後，羽依羞得臉都熱了。烤肉一定會剩下食材，自己在說什麼窮酸話啊？還是丟掉吧。羽依正準備把玉米丟進垃圾袋，梅川制止說「等一下」，拿來噴槍，用火焰炙烤玉米沒熟的一面。

「不錯喔，淋一點醬油吧。」

羽依淋上醬油後，梅川再次用噴槍炙烤，網子上散發出撲鼻的香氣。

「好了。」

羽依咬了一口梅川遞過來的玉米，烤好的那一面吃起來就像攤販賣的烤玉米，又甜又多汁，滿好吃的。

「妳剛才一直在看琵琶湖。」

「啊，是啊。」

居然有人觀察我的行動？梅川察覺羽依的驚訝，補充說：

「我一個人沒事做，很無聊，所以一直看著大家。奧澤小姐喜歡琵琶湖啊？」

「我想起小時候爸媽騙我琵琶湖是海，訝異自己居然會相信。」

「琵琶湖比海還要棒。」

聽到梅川這麼斷定，羽依笑了出來。

「你怎麼能這樣一口咬定？」

「從近江舞子這邊看去，就像一片大海，湖西邊，還可以看到湖水才有的高透明度水質。高中的時候，我常為了釣魚，和朋友騎自行車繞行琵琶湖一周，很清楚琵琶湖的好。」

「琵琶湖可以釣到魚嗎？」

「有不少黑鱸，不過也可以釣到小香魚、琵琶鱒魚、公魚等等。很好吃的。不過比起釣魚，主要的目的還是露營啦。」

喂，禁止兩人世界！喝醉的男同事插進來，羽依啃著玉米笑了。接下來很自然地進入收拾的階段，羽依將兩袋塞得滿滿的垃圾袋送到垃圾集中處，已經不在意別人的目光了。

手手握拳，手手開開，雙手拍拍，手手握拳。

敞開的圖書館窗戶傳來後方幼稚園幼童的歌唱聲。正將歸還的書籍放回原位的綾香忽然一陣頭暈目眩，隨即站定身體，彎膝將書本插進下方的書架。圖書館開館時間一到，讀者便紛紛湧入。平日上午最多的是來看報的老人家，也常有帶著幼兒的母親和中年人。

放好書回到櫃台的途中，綾香制止奔跑的小孩，將隨手歸位而皺巴巴的報紙恢復原狀。其實應該要提醒在閱覽席上邊吃東西邊看雜誌的老人家館內禁止飲食，但有時遇上一些壞脾氣的老人，可能反而被教訓，所以綾香假裝沒看到，直接經過。對違規的小孩，就可以毫不猶豫地指正，輕鬆多了。

「有讀者說過館內太熱要開冷氣嗎？」

聽到櫃台同事這麼說，綾香鬆了一口氣，點點頭說「好」，去關窗戶。幼稚園傳來的可愛歌聲被隔絕在外，天花板吹出來的冷風流入進來。雖然已經入夏，但這幾天早晨都很涼爽，因此決定上午為了省電，盡量不開冷氣；不過今天太陽確實突然活躍起來，才十一點鐘，卻已經頗為炎熱了。但是綾香之所以鬆了一口氣，並不是因為這下就可以在冷氣房裡工作，而是不必聽見小孩子的聲音了。

剛開始在圖書館工作時，當然不覺得幼稚園的聲音吵人，反而很開心能聽見孩子們天真無邪的可愛嗓音。但是最近每次聽見幼稚園兒童那陣陣發自心田、宛若天使的笑聲，她就胸口發疼。在圖書館看到嬰兒車裡的嬰兒，或是才剛學會走路的幼兒，以前她會瞇眼微笑，現在卻會避開他們。已經長大到小學生年紀的孩子，她就無所謂。

早晨為了換氣而打開閱覽區前的窗戶時，後方幼稚園兒童的歡笑聲一下子湧進圖書館，令她心痛到想要摀住耳朵。得快點生孩子才行，但是在那之前，得先結婚才行——這樣的焦急瀕臨極限，然後逐漸退潮。如此的內心動盪雖然只有短短十秒鐘，但每天早上都要經歷一次，便形成了莫大的壓力。

三十一歲。時限逐步逼近。每次看到別人可愛的小孩，就會擔心起自己什麼時候能生？生性悠哉的綾香二十七歲時與大學時代起開始交往的男友分手，從此便一直過著平靜的單身日子；但三十歲一過，她頓時不安起來。原本她認為即使不必刻意做什麼，總會有不錯的邂逅，早晚都會結婚，然而卻總也等不到戀愛的機會。圖書館每天都有來自京都各地的居民造訪，她卻不曾與任何人變得親密。每天只是往返於家裡和職場之間，偶爾和老朋友出遊，或一個人去想去的地方；這樣的生活一久，綾香漸漸發現，要找到機會和什麼人認識，是難上加難。

儘管發現了，卻也不知道能採取什麼行動。從前綾香看到路上的情侶也無動於衷，現在卻會被幼兒可愛的模樣和笑聲攪得心煩意亂。以前幾乎沒聽說，但最近關於高齡生產風險的報導愈來愈多。隨著年齡下滑的出生率、對母子的危險等等，這些問題綾香在三十歲以前從來沒有深思過；受到報導的刺激，她四處查閱資料，這才真的嚇得臉色蒼白。關於懷孕生產的書籍，圖書館裡多得數不清，但是在職場看相關書籍令她覺得丟臉，她還特地前往市內其他圖書館，把所有能借的書都借了回來，貪婪地閱讀，結果焦慮到連夜裡都睡不好的日子開始了。沒有男朋友無所謂，但是她想要孩子。

綾香不知道京都的男女結婚年齡相較於全國平均是高還是低，但起碼自己身邊同齡的朋友，大部分都已經結婚生子。當然也有還單身的朋友，但都已經有了婚期將近的對象。她從傳單或海報看過京都市在勸業館舉辦徵婚聯誼活動，或鐵道公司在電車裡舉辦聯誼，卻都提不起勇氣去報名。綾香平常就會停步觀看路邊張貼的海報或免費報紙，注意到市政府愈來愈積極地為未婚男女提供認識的機會。市政府主辦的聯誼特別受歡迎，太多人報名，往往早在截止日之前就額滿，或甚至必須抽籤。如果能認識不錯的對象，她也想去看看，但萬一有認識的人參加，那就太丟臉了。而且她不曉得可以約誰一起去，又沒有勇氣獨自參加。

如果是新開幕的烘焙坊，她可以毫不猶豫地推門敲響門上的鈴鐺，碰上聯誼會，卻連報名的勇氣都沒有，這讓綾香對自己氣惱極了。而且不只是朋友，連家人都完全沒發現其實綾香很焦急，所以似乎也沒有人會介紹對象給她。

「五本對嗎？歸還期限是七月二十九日。」

眼前這位擅長利用圖書館，總是搶先預約新書借閱的女子將掃完條碼的書本放入手提袋。女子眼鼻細小，五官平板，留著一頭短髮，穿著細條紋T恤，左手戴著簡單的婚戒。一想到連看起來這麼文靜的女性也有結婚的機會，綾香忍不住思考，對方跟自己究竟有什麼地方不一樣？

原本打算直接回家的，公車來到離家最近的站牌時，坐下去的屁股卻遲遲抬不起來，公車就這樣繼續往四条方向駛去。為什麼我會叫自己的家「實家」[3]呢？我就只有這個家，哪有什麼真假可言？甚至不曾一個人在外面住過，打出娘胎以來，就一直住在同一個地方。這樣的想法掠過腦際，一如往常的站牌前景色令她痛苦不

3 日文中，稱出生的老家為「實家」，對出嫁的女性而言，即是娘家。

已，想下也下不了車。

也許是因為公車裡有多達三組的女生穿浴衣的緣故。今天是祇園祭的宵山[4]第二天。七月初便展開祇園囃子[5]的練習，或是將山鉾[6]從倉庫裡搬出來組裝，但最重要的活動還是宵山，眾多來自市內外的遊客都會共襄盛舉。每年宵山之前的天氣總是很糟，都說「今年一定會因為下雨而停辦」，但是到了宵山當晚，祇園祭中心的四条通就會雨停，只留下悶熱的空氣，這就是宵山的神奇魔法吧。

從公車看出去的堀川通，現在都已經傍晚了，空氣仍灼熱到彷彿會扭曲景色。京都這座城市，人行道上沒什麼遮蔽。由於法規限制，無法興建大樓，又或因棋盤狀道路構圖的關係，街上的行人都曝露在豔陽下，除非用陽傘遮蔭，否則完全無處可躲。沒撐陽傘也沒戴帽子的人，有時會像雨天忘了帶傘那樣，一下左一下右地四處投奔民宅屋簷或樹下的陰涼處。

「前方因為舉辦祇園祭，將進入塞車路段。趕時間的乘客，請在此下車。」

開始塞車了，綾香在距離四条還很遠的地方下了公車，一邊嘆氣，一邊決定就這樣走到四条通。兩名疑似觀光客的浴衣女子似乎沒想到半途會塞車，討論著該怎麼辦？要坐計程車嗎？綾香想忠告她們「就算搭計程車，一樣是塞車」，但因為她知道穿浴衣搭配的木屐有多難走，實在無法建議她們長距離步行。

綾香快步朝四条走去，額頭開始冒汗。明明早就決定今年不去了，為什麼現在卻一個人朝著祇園祭會場走？祇園祭就是要攜伴參加才好玩，京都市民多半早在七月初找好同行的夥伴，若是不幸落單，就安分待在家裡。

綾香最近一次參加祇園祭的宵山，是前年和高中的女性朋友四個人一起，說著「這是三十歲前最後一次穿浴衣」，穿上深藍底配繡球花圖案的浴衣。小時候和學生時代，雖然會湊熱鬧參加祇園祭，但多半都是隨著大量人流走過四条通，在攤子買些小吃享用，十點左右，才累得一塌糊塗地回家。

4「宵山」指祭典本祭前一天晚上的祭典，有時會長達數日。
5「囃子」指日本傳統伴奏音樂，多使用笛子及打擊樂器，伴以人聲吆喝。
6「山鉾」指祭典中的一種山車（神轎）。京都祇園會的山鉾特別有名。

那次看完祭典，即將打道回府的時候，兩名朋友宣布最近就要結婚的消息，綾香歡呼祝福，但頭一次萌生了焦急的情緒，就像小兔子警覺地豎起單邊的耳朵。那個時候只有掌心大小的兔子，現在已經變得碩大無比，模樣宛如魔神般青黑臃腫，將掙扎的綾香壓在屁股底下。

綾香大可以拐進油小路通，筆直前進，直接進入四条通，她卻沒有勇氣出去大馬路，因此左彎進入六角通，拖延時間。一個人享受祭典固然難度很高，但遇上熟人的風險也很高。因為這天全城的人傾巢而出，在京都只要看到這樣的人潮，都一定會驚訝地問：「怎麼，今天是祇園祭啊？」綾香不想被朋友看見自己獨自在囃子音樂熱鬧迴響的街道上徬徨的模樣。

布莊店頭販賣著兩、三千圓的破盤價浴衣，許多女人圍在那裡挑選。拿起衣架上浴衣端詳的人，腦中想的應該是今年夏天接下來的祭典。祇園祭是京都規模最大的祭典，但最熱鬧的宵山是在七月中旬，比其他神社的祭典或煙火大會都要來得早。祇園祭結束後，觀光客迅速銳減，原本熱鬧的四条通也會冷清不少，大街小巷曝露在盛夏豔陽下，盆地特有宛如地獄鍋煮之刑的燠熱，才正要開始，唯一的樂趣只有其餘的祭典，京都市民儘管熱得快中暑，還是會穿上浴衣，前往參加宇治川的煙火大會。

三千圓以下的浴衣到底是什麼樣子？綾香停步，從稍遠處瞇眼觀望衣架上成排的浴衣。看起來果然非常廉價，完全無法和母親傳給綾香、每年珍惜地穿上的藍染浴衣和博多腰帶相比。不過，也有粉彩色調的浴衣，難怪能吸引到年輕人。

京都變得很會做生意。這十年左右，綾香深切地體會到這一點。而且生意手段一年比一年高明。綾香高中的時候，說到京都的土產，就只有八橋[7]等傳統糕點、醃漬品、貼上和紙的手鏡及牙籤盒、新撰組[8]的寬袖上衣制服等等。現在，沿街都是創新和風小物的雜貨店，手巾、束口袋、吸油面紙、浴衣等等，傳統和風與現代

7「八橋」是京都的代表性和菓子，將米粉混合砂糖、肉桂蒸熟，桿薄後煎成薄餅。也有不煎，裁成正方形對折包餡的種類。

8「新撰組」為江戶幕府末期，支持幕府的浪士組織。

風格交融的京都雜貨愈來愈多，連早已熟悉和風的綾香都忍不住佇足觀看。

食品也是，原本就是名產的七味唐辛子和山椒的種類增加到難以細數。到了夏天，菜單上的刨冰種類也變得琳琅滿目，價錢從低廉到昂貴，不一而足，顯然是為了賺取觀光財，但綾香等當地居民也蒙受恩惠，可以品嘗到各種店家的抹茶刨冰。綾香也喜歡在傳統町家[9]開業的咖啡廳或西式餐廳，看著裸露的梁柱品嘗番茄義大利麵，她不禁讚嘆這是當地人絕不會有的發想。唯有將京都視為更加充滿夢想、歷史悠久的場所，而非單純居住的場所，才能夠展現出這樣的觀點。

終於來到四条通的綾香，一如既往，再次被魚貫前進的人山人海給震懾了。宵山有許多看頭，像是山鉾、稚兒[10]、囃子演奏等等，不過眼前最多的就是人。除了人還是人。這些來到祇園祭，卻不知道該做些什麼好，姑且順著人流魚貫走過四条通的人們，被囃子咚咚叩叩的聲音洪水給吞沒，興奮忘我。這祇園祭的遊行，就是現代京都的百鬼夜行。儘管都已是日暮時分了，但眾多人潮的熱氣，加上白天太陽的熱度還殘留地面，使得柏油路面灼熱極了。小學課程裡學到，祇園祭的起源是祈禱疫病消散，但在這樣的大熱天裡聚集這麼多的人，綾香總覺得反而會害得疫病蔓延。

行走在平日車水馬龍的大馬路正中央，光是這樣就令人覺得舒爽。多筆直的道路啊！馬路經過河原町，越過四条大橋，一路直通八坂神社這處京都最繁華的地帶。口袋裡的手機突然震動，是父母傳簡訊來，說他們已經看完祇園祭回家，還附了穿浴衣的合照，綾香不禁苦笑。就連看到父母感情好的樣子都要小小嫉妒一下，自己真的病入膏肓了。如果一切邪念都能在這場祇園祭的喧鬧和悶熱當中，隨著汗水一同蒸發到夜空裡就好了。

「綾香？這不是綾香嗎？」

9「町家」是江戶時代，都市地區住家兼商店的建築形式。

10「稚兒」是祭典遊行中扮演天童（護法鬼神在人間的化身）的童男童女。

綾香正仰頭望天走著，忽然被人叫住，驚得停下腳步。迎面而來一對男女，正指著她走來。一開始綾香認不出是誰，仔細一看後不禁驚呼一聲。是國中的朋友苗場。男的不知道是誰。

「超久不見了！我覺得這個人看起來好眼熟，仔細一看，原來是綾香！妳還記得我嗎？」

「當然記得，苗場，好久不見！國中畢業後就沒見面了呢。妳現在好嗎？」

「很好很好，啊，妳一點都沒變，一看就認出來了。」

「妳還記得我嗎？」一旁的男子探頭過來問。

「呃，好像有印象，又好像沒印象……。不好意思，有點想不起來。」

「怎麼會！我是樋口啊！」

「啊，原來是樋口！難怪總覺得這張臉好像見過，可是你變得好成熟，我才會有點不確定。」

綾香配合男子的話假裝認出來，但其實她完全想不起來對方是誰。聽了苗場的說明，記憶的大門才總算打開。樋口住在苗場家附近，和綾香她們就讀同一所國中，但沒有同班過。以前去苗場家玩的時候見過樋口，打過一次招呼。她勉強隱約想起樋口在運動會時當啦啦隊活躍的模樣。

「好懷念，雖然就住在附近，可是都沒什麼機會見面嘛。綾香，妳今天怎麼會來？」

「其實本來沒打算要來的，下班回家，順路過來看看而已。然後看到這麼多人，還是嚇到了。」

綾香的職場明明不是可以下班順路過來的距離，但兩人當然不會知道。

「這樣啊，我們也是打算逛一逛，吃個晚飯再回去。我們等下要去預約好的餐廳，妳要不要一起來？」

「不好吧，我可不想當電燈泡。」

「怎麼會！我們因為住得近，認識太久，才會三不五時一起出門，不過大部分都只是埋怨好閒好無聊，然後回家而已。如果妳有空，雖然是家像居酒屋的店，一起吃個飯吧？」

「難得遇到，一起聊聊近況吧。」

我有什麼可以分享的嗎？綾香對樋口回以笑容，一個回神，發現自己已經點頭答應了。

「嗯，剛好，我也正覺得就這樣回去有點沒意思，帶我一起去吧。」

兩人嘴上說只是老相識，但也並非完全沒有約會的氣氛，不過他們態度歡迎，所以綾香也才能輕鬆答應。最重要的是，和他們說話的瞬間，周圍的喧鬧、祭典囃子忽然恢復鮮明，就好像喉嚨乾渴的時候灌下檸檬碳酸飲料般，世界整個開闊起來。原來我先前都處在這麼歡樂的空間裡嗎？祇園祭果然還是該攜伴參加。

「苗場，店在哪裡？」

「就在這附近。是最近剛開的餐廳，京都家庭料理的種類很豐富，又好吃。」

「哦？真期待。在宵山的日子預約餐廳，設想得真周到呢。以前都是在攤販隨便吃些小吃，然後就回去了。」

「攤販人太多了，連買個章魚燒都要排好久的隊。就算排得到，也吃不飽，垃圾也不曉得該丟在哪裡好。都三十歲了，不用再吃小攤子了吧。」

「我曾經在祇園祭的攤販街看到有如戰爭時期的場面喔。因為人潮太多，孫子跟爺爺被拆散，愈分愈遠，小孩子尖叫著哭喊『爺爺！』簡直太慘烈了。」樋口說。

「對啊，攤販街異常地狹窄嘛。呃，雖然知道很擠，不過如果可以，我想吃一下那邊的鹽烤香魚呢。我好喜歡那個。」

連骨頭都可以吃的鹽烤香魚串，是綾香最愛的小吃。

「好啊，去餐廳之前過去吃一下吧。」

樋口立刻尋找攤位。

攤販不是擺在寬闊的四条街，而是密集分布在展示了山鉾的狹小街道。今年人潮依然可怕，進去和出來的行人摩肩擦踵，雙方都強硬地往前擠。幸好鹽烤香魚的攤位在街道入口，可能價錢也比其他地方要來得貴一些，不需要排隊，綾香一下子就買到了。

灑滿鹽巴的整隻香魚從嘴到尾巴串成一串，表面烤得酥酥脆脆。不能因為是攤販賣的小吃就小看，這可不是把大條的柳葉魚偽裝成香魚拿來賣，一口咬下，確實可以品嘗到香魚鮮嫩的滋味。攤販賣的多是抹醬料或淋糖漿等滋味濃膩的小吃，相較之下，鹽烤香魚的滋味淡雅，在暑熱之中，令人聯想到溪流的清涼。雖然覺得似乎不夠吃，一條吃下去後意外地頗有飽足感，而且方便食用，不必擔心醬料或美乃滋弄髒嘴或浴衣。

難得來了，也去看看山鉾吧？三人說好，去參觀了一下樋口最喜歡的山鉾——屋頂有巨大活動機關螳螂的「螳螂山」，還有極為高聳，山鉾裡唯一有活生生的幼兒坐在上面的「長刀鉾」。說到山鉾，感覺像是繼承了傳統的日本精神，但實際在近處一看，有些正面的掛毯是波斯地毯，或畫有中國獅子，比起日本，更接近東方情調。不過那濃烈的色彩與祭典的熱鬧，以及同樣特異的咚咚叩叩金屬性祭典囃子一拍即合。垂直懸吊的成排燈籠氣氛妖豔，直盯著看，感覺會像飛蟲一樣被吸引過去。山鉾上擠滿了囃子演奏員，蜷起的背對著外頭，專心一意地演奏著。山鉾裡頭究竟會有多悶熱、多吵鬧呢？

「今年的螳螂也活力十足地揮舞鎌刀，太好了。」樋口說。

「每次看那隻螳螂都忍不住懷疑『咦？本來就這麼小隻嗎？』在想像裡面，一年之間，那傢伙已經長到蓋住整個山鉾屋頂那麼大了。」苗場應道。

「大成那樣，都變成螳螂妖怪了。會變成特攝電影裡面的怪獸啦。」

綾香聽見走在稍前方的樋口和苗場的對話。

剛好逛得也累了，抵達門口有大紅燈籠的餐廳一看，店裡的人因為來客突然比預約人數多了一位，不知所措，不過等了一會兒後，三人便被領到吧台座。店內高朋滿座，可以理解店員是在焦急不曉得挪不挪得出位置。吧台擺了許多大缽盛裝的京都家常料理，三人對照菜單，點了賀茂茄子田樂燒[11]、炸豆腐皮、燉煮水菜、萬願寺唐辛子、燉小魚、馬鈴薯沙拉。這裡將傳統的京都家常菜稍微改造成年輕人喜

11 田樂燒，一種將食材抹上味噌燒烤的日本料理。

愛的風味，像是小魚用辣油炒過，或是外觀像冰淇淋的馬鈴薯沙拉有火腿做為點綴，非常美味。

「你們兩個都結婚了嗎？」

三人聊到近況，聊得正熱時，綾香不小心脫口問道，立刻後悔了。要是自己被問到，一定會厭煩地想：「又是結婚話題？」然而無人提起時，自己卻忍不住要問，實在太可笑了。幸好兩人都沒有受冒犯的樣子，以一模一樣的動作搖搖頭說：

「完全沒有。身邊的人倒是正在結婚熱潮上。不是有個跟我們同班的坂井理繪嗎？她上個月也結婚了。我參加了她的婚禮。」苗場說。

「我也沒結婚。大家都好早結婚喔。也有人從國中交往然後結婚的。」

「你說藤田跟中澤那對，是吧？我本來就覺得他們感情很好，沒想到居然會撐到結婚。身為同學實在替他們開心呢，真的。」

「二十五歲開始，大家就會一口氣解決人生大事呢。像我幾乎都已經放棄了。也沒有男朋友。」苗場頗嚴肅地嘆息說。

「我可還沒有放棄。」

樋口低聲喃喃，苗場的身體微妙地一顫，除非坐在旁邊，否則不會發現。啊，她是喜歡樋口嗎？熱鬧的店裡，只有他們的座位此時瞬間安靜下來，雖然事不關己，綾香卻心臟怦怦亂跳。氣氛很快又恢復原狀，樋口和苗場再次喝起啤酒，聊著同學們的各種八卦。

雖然不清楚是怎麼回事，不過希望他們能順順利利。

好久沒能像這樣發自心底支持別人的戀愛了。光是看著國中老友們喝酒的模樣，就禁不住感慨時間過得真快，綾香忍不住要為這兩個人加油。

三人追加了以京都土雞製作的炸雞、牛筋、蒟蒻、加了九条蔥的煎蛋，最後再點了清爽的蒸飯和蘿蔔糕，肚子已經完全塞滿了，沒辦法再點甜點。最後的蘿蔔糕似乎太貪心了，離開店裡的時候，三個人的肚子都撐得很難受，決定散步回家。

雖然還不到十點，但祇園祭的觀光客比進入餐廳時少了許多，綾香苦笑，心想京都的夜晚就連在祇園祭的當天也結束得很早。一般日子，幾乎所有店家都在九點打烊，即使是最繁榮的四条，九點多的時候也已經人影稀疏。當然，其他地方就更早了。京都市民主要代步工具的公車，末班車也很早，因此即使去鬧區喝酒，大部分也都會以公車末班車的時間為準，解散回家。三人帶著微微的醉意，走在河原町通。路上的親子減少，取而代之地，多了呼朋結伴像小混混的年輕人。

路旁停著惹人注目的改裝車，這些車子打開車門或後車廂蓋，向人炫耀LED燈的迷幻照明及震耳欲聾的嘻哈系音樂打造出來的詭異車內空間。每到祭典，平常不知道躲在哪裡的這類年輕人就會跑出來招搖過市。萬一被糾纏就太可怕了，三人快步經過，穿過四条河原町，經過四条大橋，走下對面祇園那一側的河岸，而非坐滿了情侶的河原町那一側。

「大概三年前的祇園祭那天，我在鴨川被人搭訕。」綾香說。

「咦？祭典的日子真的會遇到這種事呢。」

「可是那時候我跟我媽在一起。這裡不是很陰暗嗎？所以搭訕的人明明連臉都沒看清楚，只因為看到兩個女人就上前攀談。我媽突然被人拍肩膀，嚇得尖叫，那些男人也被嚇到，說著『對不起』，拔腿就溜。是大學生左右年紀的男生。」

綾香的話逗得兩人哈哈大笑。直接在堤防坐下來一看，鴨川沿岸，對岸「鴨川納涼露台」許許多多的店門前燈籠在夜黑裡朦朧浮現。突出河面的戶外納涼露台上熱鬧的客人交談聲、河岸道路上行走的人影，還有兩相依偎注視著鴨川的沉默情侶。隔著融入夜色的漆黑河川，看著對岸的人間百態，感覺如夢似幻，即使說此時此刻是早有於鴨川納涼習慣的江戶時代也不足為奇。這是在漫長到無法想像的歲月裡，每到夏季便必定上演的景象。儘管如此，今年的夏季、今年的祇園祭，依然是獨一無二的。

「鴨川好寬闊喔。滿有迫力的。」

聽到苗場的話，其餘兩人望向橫亙在眼前的河川。

「白天和晚上，氛圍完全不一樣。」

「是啊，有點可怕呢。」

鴨川被為數不多的電燈照亮，流水黑色的起伏在表面盤旋。夜晚的鴨川看起來水量比白天更多、深不見底，感覺可以輕易吞沒在祭典中樂昏頭的醉鬼，綾香祈禱不會有哪個傻蛋跳進去游泳。鴨川雖然美，但夜晚還是很可怕。長年生活在它的近處，有時會忽然深切地感受到它在過去曾是戰場、是棄屍處、也是處刑場的歷史，為之膽寒。無論再怎麼熱鬧的祭典之夜，這座古都仍會在城市一隅製造出濃縮了古老歷史而成的黑暗，伺機將現代人拖往另一個世界。

「呼，全身的熱汗總算消退了。」

所以鴨川最適合醒酒了。樋口呈大字型仰躺，苗場仰望天空。綾香吹著河邊沁涼的風，舒適地感覺著吃太多而撐脹的肚皮漸漸消化。

「之前我晚上在鴨川慢跑，看到螢火蟲呢。一隻、兩隻，輕飄飄地發光飛舞，在河面上空也不停閃爍著。那光芒說有多夢幻就有多夢幻，讓人忍不住想要跟上去。」苗場陶醉地說。

「咦，好好喔。現在還看得到嗎？」

「螢火蟲的季節很短，或許已經結束了。不過說是鴨川，也是更上游的地方，這裡太亮了，就算有也看不到吧。」

「哲學之路那裡也有。幾年前我去看過，但因為太黑了，走到一半我就怕了。」

「你跟誰去的？」

「男性朋友，不行嗎？」

「少騙了，男人一起去看螢火蟲那麼浪漫的東西，有什麼意思？」

「真的啦，我是借阿谷的車子……」

綾香聽著樋口對苗場辯解，閉上眼睛想像在鴨川飛舞的螢火蟲那虛幻的光芒——同時拚命打消腦中浮現的、同樣叫做「螢」的父親那長著稀疏鬍鬚的淡淡笑容。

與其說未來有想念的學校，不如說因為想住京都，才選擇了京都市內的研究所，特地遠從廣島前來。第一堂課的自我介紹時，她說：「難得來到京都，我想要逛遍各個景點。」和凜結為好友後，兩人去了京都許多地方。京都府立植物園的玫瑰園，凜最後也是和未來一起去的。高大的玫瑰傲然美豔，每個品種都極為華麗，彼此爭奇鬥豔，粉紅、鮮紅、純白，也有雙色的玫瑰。盯著層層疊疊的花瓣深處，感覺就好像要被吸進去一樣；花瓣邊緣自然地呈現波浪狀，微微捲起，也是玫瑰異於其他花朵的獨特纖細之處。兩人盡情地仔細嗅聞每一種玫瑰的香氣。玫瑰花朵深處，幽幽地散發出比任何香水都要清冽新鮮的氣味。

比起土生土長的京都人凜，未來更熟知各種典雅的寺院神社、傳統活動、美味的傳統甜品店，很多地方甚至是在未來領路下，凜才第一次去的。

暑假兩個人去了貴船。從街道焦灼的燠熱中解脫，鞍馬山涼風輕柔吹拂的貴船神社，令未來感動不已。

「京都真的每一個地方都好棒。」

聽到有人稱讚自己的家鄉，實在令人開心。雖然不會故意說給熱愛京都而來的未來聽，凜的腦中還是閃過一些京都稱不上美好的面貌，像是經過一條街便驟變的城市氛圍、或是難以言喻的閉塞感，而這一定是與京都獨有的複雜歷史相關。凜長年居住在京都這塊土地，絕對不討厭，而是深愛著這裡；然而朦朧難解的感覺卻像殘渣般日漸累積，有時令她忍不住想要掙脫。這種時候，能接觸到未來的眼中看到的「美好的京都」，總是令她鬆了一口氣。

「我打算去關東找工作。」

凜喃喃說道。兩人正站在貴船神社本宮到奧宮途中的思川橋上，憑靠欄干俯視著河水。「朝思暮想，溪谷流螢，亦似我牽縈情魂」——據說和泉式部[12]曾在岸邊吟詠戀愛愁緒的這條河，是一條水勢頗湍急的清流，光是湊近，便能感受到冷氣洗滌，一路上爬坡所流的汗水都褪去了。

「妳要離開京都？太可惜了。不過，原來妳已經在想就業的事了。」

「未來，妳不回廣島嗎？」

「如果可以，我想待在京都，不過我想進的幾間公司裡，有誰願意錄取我，我就會乖乖進去。雖然還很模糊，完全沒決定方向啦。凜，妳想去關東？」

「嗯。其實就算不是關東，只要能離開京都，哪裡都可以……這樣說，人家可能會以為我討厭京都，可是完全不是這麼回事。就是因為喜歡，所以才會想要暫時離開吧，我想離開這塊盆地，從外面看看京都，重新發現她的好。」

「凜，妳從出生就一直住在京都嗎？」

「是啊，也從來沒有搬過家。這件事有時候讓我覺得很恐怖。一想到世界明明如此遼闊，我卻什麼都不知道，在這個小小的、受到保護的地方過完一輩子，就覺

---

12 和泉式部為平安中期的女流歌人。

得快要窒息了。我家人也一樣，兩個姊姊一直都住在家裡，大家和樂融融地過日子，雖然是滿快樂的，但如果說從來沒有一個人住過，就這樣跟京都人結婚，永遠在這個地方生活，這樣，真的好嗎？」

「的確，有些事情要跟家人分開才會明白呢。我在家裡從來不做家事，剛搬出來的時候，連洗衣機都不會用，慘得要命。我覺得不錯啊。既然有堅定的想法，即使去到新的地方，也總有辦法適應的。」

「嗯。我已經下定決心了，但還沒辦法跟爸媽說。總覺得會受到反對。我爸媽除了結婚以外，好像完全沒考慮過孩子離開家的情形。」

「三個孩子都是女兒，或許就會這樣吧。像我家，我上面有兩個哥哥，都在找到工作的時候搬出去了，爸媽覺得我也應該這樣。三個孩子都是女的，家裡一定很熱鬧吧。」

「不，我們家三個女孩都很活潑，也很有個性，與其說熱鬧，不如說吵鬧。對了，妳八月十六日有空嗎？要不要來我家看大文字燒？我家二樓的曬衣場可以看得很清楚。」

被稱為「大文字燒」的五山送火，是在盂蘭盆[13]節的尾聲，為了緬懷祖先之靈，以及雖然依舊燠熱，但已逐漸離去的夏季而舉辦的傳統活動。送火的圖案共有五種：大文字、左大文字、妙法、船形和鳥居[14]形，從凜的家看去，左大文字就在附近。

「咦？可以嗎？我想去，太開心了！我第一次看大文字燒。那今年我提早返鄉，暑假留在京都，一定要看到。」

「歡迎歡迎。我們家原則上是全家吃完晚飯後，一起上二樓看大文字燒。妳差不多六點來，一起吃晚飯吧。」

「那是妳們的家庭活動，我打擾沒關係嗎？」

---

13 盂蘭盆是佛教活動，傳至日本後，演變為七月十三至十五日或八月十三至十五日舉辦供養祖靈之法會活動。

14 鳥居是立於神社參道入口的牌坊，顯示神域境界。

「哪裡會打擾呢？大家都會很歡迎的。大文字燒我們也差不多看膩了，有新成員一起看比較有意思。」

「那我就不客氣了。謝謝妳邀我。」

兩人參拜了貴船神社的奧宮後，回程去咖啡廳吃了抹茶冰。桌上有供顧客留下訊息的日記本，兩人依序翻看內容，看見有個女生寫道：「我在思川河畔和男朋友愛愛。因為穿著浴衣，很難脫，不過總算成功了。」兩人嚇壞了，心想世上居然有這麼誇張的人！

暑假期間，大學校園人跡驟減，凜汗涔涔地走在看起來比平常更廣大的校地內。大學的中心地區，草坪比樹木占了更多面積，蟬聲自周圍傳來。雖然不可能聽見，但大學背面被生意盎然的濃濃綠意所覆蓋的衣笠山，鳴叫不休的盛大蟬鳴似乎也正朝這裡傾瀉而下。

剛出門的時候，凜活力十足，看到今天是個舒爽的大晴天，便決定走路去大學，而不是騎自行車；然而走在住宅街的路上，她開始被毒辣的太陽烤得渾身衰弱。因為距離不遠，所以小看了。就連眨眼都感覺眼珠子快被煮熟，抵達大學後，在前往研究大樓之前，凜先到餐廳所在的大樓避難，在商店買了蘇打冰。她站在沒有開燈的陰暗走廊上，直接拆開冰棒袋子。

清涼的冰棒冷得直冒白煙，剛咬上一口，裡頭清脆的冰便一口氣滋潤了乾渴的口腔。美味幾乎可以打一百分，但對於完全乾掉的喉嚨來說，就連蘇打味都嫌太甜，吃完冰後，她到飲水機盡情補充水分。每次使用飲水機，凜就會想起高中的時候，飲水機在炎熱的七月天故障的事。每個人的表情都好絕望。尤其是運動社團的人，放學後常忘了故障，汗水淋漓地走近飲水機，毫無意義地戳按鈕，或是空虛地嘴巴半張，湊在應該要噴出水來的位置上。這個瞬間徹底顯現出被認為理所當然的東西忽然不見時，會有多麼困擾。

實驗室裡只有一位研究生，正看著桌上的顯微鏡寫筆記。其實共約十位左右的研究生幾乎每天都來，但因為放暑假，很少剛好碰到。

「咦？張，你已經從北京回來啦？」

「我沒有回去。暑假機票很貴，今年冬天再回去。」

「那你會一直待在日本囉？」

「嗯。已經熱到快融化了。我怕到不敢出去，不曉得外面有多熱。」

戴眼鏡的研究生是中國留學生，經常誇張地描述京都的夏天比北京更可怕，逗笑大家。

研究室總是維持著天堂般的涼爽，不過這不是為了人類，而是為了細菌。實驗室成員培養的細菌都放在恆溫設備裡，保持生長環境穩定；為了讓機器穩定運作無礙，室內總是維持著相同的溫度。

裝滴管的時候，是一天裡頭最讓人感覺平靜的時刻。裝滴管就是將每天實驗使用的滴管滴頭裝進收納盒裡，以便進行殺菌工作。一盒可以裝上一百支，專心一意地裝滿好幾盒滴管的差事，乍看之下很像修行，但因為是機械性的工作，很能放空心靈。當研究遇上瓶頸時，只要裝個滴管，也可以裝出有在做事的樣子。

若說「與某個味道相關的蛋白質的結構分析」，聽起來似乎很深奧，但實際上每天做的事都很單純，是一步一腳印的手工業。製造能產生特定蛋白質的大腸菌，大量培養，再利用離心力使其沉澱，加以萃取。

蛋白質很容易因為溫度上升而損壞，因此必須維持一定的溫度，不能搞錯樣本，也不能讓它們因環境變化而減少。途中只要一個環節失誤，就得回到原點重來，因此必須隨時繃緊神經。由於擔心只要疏於照料一天，蛋白質就可能死掉，因此不管是颳風下雨還是放暑假，每天都得到大學來報到。當然也不可能去旅行，今天夏天，感覺只會留下擔任蛋白質寶寶保母的回憶。

結束該做的作業時，教授走進房間，叫凜去教授室。

「之前提到的畢業出路，我向對方推薦妳，得到的反應滿不錯的。」

被叫去教授室時，凜就猜到八成是要談這件事，但實際聽到，而且還說頗有希望，她頓時全身充滿了喜悅，連手指頭都顫抖起來了。今年的畢業出路諮詢，凜拜託教授推薦她進入食品廠商做研究，她以前就向教授表明，如果可以，她想到東京都內的食品廠商任職。

「如果能請教授正式推薦，我真的很開心，若是能得到公司內定，我一定會去。」

「我告訴對方，妳是個很有熱忱，研究也很認真的學生。不過事情還沒成定局，先別說出去。」

「好的，我會注意。」

這個時期，每個人都對畢業出路很敏感。現在幾乎沒有教授私下幫學生介紹這種事了，因此不好大肆公言。

「唔，其實我是希望妳繼續攻讀博士的。」

「是的，很抱歉。」

「不過既然是妳認真思考之後決定的出路，我會支持。」

「謝謝教授。」

教授和凜一起離開教授室，張的工作似乎也正好告一段落。

「要不要一起去吃晚飯？」教授看錶確定時間後問了兩人。

「不錯喔，吃燒肉之類的。」張應道。

「嗯，我也滿想吃燒肉的。奧澤同學要不要一起去？」

「啊，不好意思，今天我已經跟家裡說要回家吃飯了。」

其實凜還沒有跟家人聯絡晚飯的事，不過她想在安靜的地方，一個人細細琢磨教授剛才的話，所以找了個藉口推辭。

凜離開大學，懷著雙腳飛離地面一公分的飄飄然心境，走過變得涼爽許多的夜晚道路。

夢想或許就要實現了。

她還不打算告訴父母。等到狀況更確定一些，再仔細地說明。坦白說，她隱約覺得這不是可以輕鬆提出的話題。需要衝破屏障的決心。

未來依照約定，在八月十六日傍晚來到奧澤家。

「歡迎光臨！」

未來在母親迎接下進入客廳，客廳裡除了凜，還有父親和姊姊綾香，未來一開始有些緊張，但很快就習慣了。

得知有客人要來，母親暫時收回專業主婦退休宣言，從白天就在廚房埋首準備晚餐。

「羽依說她下班後要去啤酒花園，今天很晚才會回來。」正在看手機的凜拉開嗓門說。

「真是的，那孩子又這樣臨時才說。上次掃墓也沒參加，真是拿她沒辦法。未來，我煮了很多，妳盡量吃。」

比起未來，奧澤家的成員更為久違的「媽媽手藝」而歡喜。生豆皮、煎柳葉魚、加了番茄和秋葵的夏季蔬果關東煮、奶油蝦可樂餅。懷念的媽媽味道，眾人不禁大快朵頤。

「其實今天我也做了幾道菜。」

輪到今天煮飯的凜折回廚房，把料理放在托盤上端出來。

「我做的是『便宜牛肉做成的特級牛排』和『徹底吐沙酒蒸蛤蜊』。」

「喂，怎麼拿便宜的肉招待客人？沒禮貌。」

凜威風地將牛排和酒蒸蛤蜊端到餐桌上，惹來母親蹙眉。

「也沒那麼便宜啦，是運用科學的力量把普通的牛肉弄得非常柔軟。請嘗嘗看。」

餐桌旁的眾人皆狐疑地看著切成一口大小的肉，實際品嘗後，都露出意外的表情。

「真好吃。確實很柔軟。」

綾香評論說，父親一邊點頭，一邊又吃了一片肉，塞了一口飯。

「做法是，首先將牛排肉用優格醃漬一個晚上，用乳酸菌來軟化肉的筋。接著把生鳳梨片放在牛排上，利用酵素的力量使蛋白質變軟。光是這樣，就可以讓肉質變得這麼柔軟。科學的力量很驚人，對吧？還有，烤的時候在網子上抹檸檬汁，就可以讓接觸網子的蛋白質瞬間分解，避免焦黏。」

凜站在桌旁，一臉滿足地看著眾人吃肉的樣子。

「酒蒸蛤蜊這道我也運用了科學知識。讓蛤蜊吐沙的時候，很多人會在水裡放鹽巴，製造類似海水的環境，可是其實這種做法，會讓蛤蜊太舒服，反而不吐沙了。我把蛤蜊泡在四十五度左右偏熱的生水裡面，如此一來，蛤蜊就會痛苦地拚命吐沙，比起泡鹽水，可以在更短的時間內徹底吐沙。」

聽到這詳細的說明，正準備吃蛤蜊的未來笑了：

「凜的做法，感覺不是做菜，更像是在做實驗呢。」

「就是啊，這孩子之前負責煮飯的時候，還特地把義大利麵弄捲變成拉麵，超費工的。」

凜看到中華拉麵的原料裡，有讓麵條捲縮的成分鹼水，想到可以利用成分類似鹼水的小蘇打來製作拉麵。她把麵粉百分之百的義大利麵放入加了一大匙小蘇打和鹽巴的熱水煮過，使麵體捲縮，變成中華拉麵。

家人起先驚呼連連，最後異口同聲說：「一開始直接買拉麵不就好了嗎？」

八點過後，左大文字的點火時間近了，每個人各自拿著一片西瓜上二樓去。奧澤家的傳統是在陰暗的曬衣場，邊啃西瓜邊欣賞大文字的點火過程。母親進入預先開啟空調降溫的二樓和室，毫不猶豫地打開通往曬衣場的玻璃門，無法想像是夜晚的悶熱空氣頓時侵入房間裡來。凜和未來走出曬衣場，綾香站在曬衣場和房間的交界處，父親拖來坐墊，鋪在榻榻米上盤腿而坐，母親則忙著點蚊香，端來放西瓜的盤子。

「啊，有一個亮了！」

未來開心地叫道。大文字的送火不是一口氣同時點燃整個圖案，而是木柴火堆一個個增加，排成一個「大」字。如果在近處觀賞，熊熊燃燒的火焰必定迫力十足，但遠遠看去，這樣的過程實在有些單調無趣。如果未來對大文字燒抱持的想像，是像煙火點燃那樣火焰瞬間燒起，山坡上一下子冒出一個「大」字，現在眼見這火焰一個個緩慢增加的過程，一定會很失望——凜忐忑不安地看著未來的側臉想。大文字燒並不是祭典，而是盂蘭盆節的儀式。由於觀光客增加，觀賞的人多了，但並沒有祇園祭那樣的娛樂性。當地人也把它當成夏季風情之一，看是會看，不過也只是默默盯著火焰燃燒的過程，說著：「點火的人會不會搞錯，把『大』字排成『犬』字？」然後看個十分鐘就回家洗澡。

點滴增加的火焰從點連成線，山的前方完成了一個巨大的「大」字。襯著漆黑的夜空，可以看見火焰冒出大量濃煙。

「我看到有人在動！」

未來從曬衣場欄杆探出身體，緊盯著大文字看。看到她意外地樂在其中，凜鬆了一口氣。

「要靠近一點嗎？我也沒去過太近的地方，也想去看看。」

「走吧走吧！」

吃完西瓜的凜和未來離開家門，往大文字的方向走去。

北大路通的轉角處人滿為患。此處可以毫無阻礙地在極近的距離看到大文字，每年都是熱門景點。這裡完全不負人氣景點的名聲，真的可以看得一清二楚，火焰的大文字宛若就在眼前。

「這裡好厲害。」未來用手機拍攝大文字。

「再靠近一點吧。」

兩人脫離人群，走向通往山地的住宅區。途中另有個人潮不多的觀賞點，走到人們旁邊仰望，可以清楚地看見大文字。住在附近的居民，可能每年都費心研究能夠看得更清楚的地點。

兩人爬坡來到靠近山腳處，因為太近了，反而看不到大文字，倒是聞到焦臭的氣味。

「有煙的味道。」

「有嗎？我聞不出來。」

未來抽動鼻子吸氣，納悶地說。

「沒辦法再靠近了嗎……」

裡面是類似學校或宿舍的建築物，因為在夜間，看不清楚全景，不過到處都有帶小孩的大人，每個人都爬著平緩的坡道，走向建築物深處。兩人站在建築物正面的柵門外，正在擦汗，這時有個帶小孩的人從門裡走出來。

「怎麼了嗎？」

「哦，我們想靠近一點看大文字，走著走著，就走到這裡來了。」

「要進來嗎？」

兩人點點頭，男子幫她們開了門。進入裡面一看，孩子們正為祭典般的氛圍歡欣不已。兩人跟著領頭的孩子走去，爬到坡上視野遼闊處，目睹了從未見過的巨大大文字。兩人繼續往前走，碰到登上大文字山的專用山路。山路前豎立一塊立牌阻擋，寫著「非相關人士禁止進入」，深處一片漆黑，傳來許多男人低吟般的聲音。

「是念經的聲音。」

異常清晰的誦經聲從山上傳來。是許多僧侶正對著大文字燒的火焰誦經嗎？距離應該滿遠的，怎麼連這樣的山腳下都能聽見？凜感到疑惑。漆黑之中沉靜的誦經聲，威力足以讓爬坡過程中冒出來的熱汗一口氣消退。

「好厲害，感覺好毛喔。」

「盛大地燒火，看起來是很華麗，不過大文字燒的目的，其實是要供養盂蘭盆節回來陽世的祖先靈魂，送他們回去另一個世界嘛。搞不好現在這附近到處都是正要回去的靈魂呢。」

「討厭，不要講了啦，凜！」

兩人尖叫連連，奇妙的是，卻不覺得毛骨悚然。也許是因為要回去的不過是祖先的靈魂。兩人從進來的門離開，沿原路走回奧澤家。

當晚，時隔許久，凜又做了兒時反覆夢見的惡夢。夢境一成不變：一個神祕的妖怪從附近的山上下來，追逐著年幼的凜，這個夢每次都令她感覺到全新的恐懼。

那座山離家徒步約三十分鐘遠，凜自幼就被父母和學校老師告誡絕對不可以去。凜住的地區治安還算不錯，然而除了山以外，還有許多地方也被父母禁止，那個地方不能去、那條河邊不能玩，小的時候幾乎都快找不到大家可以一起玩的地方。雖然她不曾打破禁忌，踏足山中，不過曾經和朋友一起偷看山的入口，仰望那極為陡峭、感覺從上面丟下蘋果，會飛快滾落下來的山路，看著便直冒冷汗。上高中以後，有一次她決定在白天上山，得知坡道盡頭只有一座視野遼闊的展望台，從此對山的恐懼便消失了——應該是消失了，然而夢裡的妖怪，現在依舊會從那座山的深處猛衝下來，侵入凜居住的城鎮。

妖怪沒有下半身，用手臂代替腳奔馳，從山的深處以驚人的速度直驅而來。肩膀上直接連著一張大臉，輪廓四四方方，表情總是無比憤怒，雙目暴睜、齜牙咧嘴，感覺會被它狠狠咬爛。妖怪穿過山腳的小聚落，衝過林道，目不斜視地朝凜家直奔而來。凜明明知道那傢伙就要來了，卻杵在無人的早晨家門前，一動也不能動。一直到目擊妖怪遠遠地從柏油路另一頭沙沙地跑來，凜的身體總算動起來逃跑，卻一眨眼就被追上，整個人被模樣猙獰的妖怪給撲倒了。

我完蛋了！如此心想的瞬間，凜驚醒過來，心臟怦怦跳個不停，但因為太久沒做這個夢，竟覺得懷念起來。記得小學的時候，她每天都被這個惡夢驚醒，還哭著央求父母說要搬家。意外的是綾香也贊成，說「我無法適應這塊土地的複雜」。但父母都是土生土長的當地人，從小學就是同學，彼此認識，最後還結了婚，他們只是溫柔地勸解：「世上再也找不到這麼棒的地方了。等妳們住久了，就會深深了解這裡的好了。」

之所以時隔這麼久又做了這個夢，或許是大文字燒的餘韻使然。凜下了床，打開房間窗戶。現在還是半夜，外頭一片漆黑。她忽然感覺到應該早已消散的木柴燒焦味掠過了鼻腔。

窗外捎來山上吹來的清澈空氣，也帶來了淚水的氣息。並不是因為此刻附近有人在哭，而是谷底歷經漫長的歲月，仍未風化而隱約殘留的淚水氣息擴散到整個房間，鮮明得彷彿有人正在哭泣一般。

京都的傳統技藝「壞心眼」，經過先人鍥而不捨的努力，以及年輕後繼者日夜不懈的鍛鍊下，大收其效，綿延不絕地傳承到現代。近乎忽視的淡漠反應與暗笑，幾個人一起頻頻掃視目標人物，竊竊私語，暗示惡意之後，在好似聽不見卻又絕對不會被漏聽的距離，對著目標人物背部發出簡潔但毒辣的嘲諷，這種「故意要人聽到的壞心眼」技術一旦熟練，便能惡狠狠地刺傷目標對象，近乎一門藝術。

將平時聽起來溫婉嫻淑的京都腔，操弄得宛如從地獄深井爬出來的毒蛇，使其纏繞對方，勒至窒息的咒術，亦是此類人的拿手好戲。雖然有人認為這是女人家特有的傳統，但當然其實也有許多男人精通此道。挖苦的內容，有時只是普通的貶損，有時是明明內心不當一回事，卻誇張地裝出膽怯的模樣，驚呼：「這人實在太可怕了！」不過可別誤會了，這種傳統技藝的能手，在團體當中也只占極少數，以學校班級來說，一班只有一、兩人，幾乎所有的京都市民都生性安閒。

羽依不管身在任何團體，都會被這種人盯上。「少囂張了，看了就不爽」、「白痴啊」、「看了就有氣」、「不要靠近我，花痴會傳染」，諸如此類的種種唾罵噴向她的背影，但羽依沒有縮起身子，而是挺胸向前，繼續和喜歡的男人交往。也因此，現在她學到了挺身面對暗中毀謗的勇氣。她會全身熱血沸騰，下定決心告訴自己：「我絕對不任人說三道四！」但後來，她也發現，真正堅強的人其實不會挺身對抗惡意，反而能雲淡風輕地笑看一切。

這幾天，羽依一直承受著背後這樣的惡意。長年來的經驗，讓她學到如何擊退這類暗地攻擊，但對於公司的前輩，實在不曉得能不能如法炮製，因此猶豫不決。要是學生時代，她早就毫不留情地回敬一番，但在公司如果輕舉妄動，有可能會被逼到辭職。這天深夜，她忽然清醒，再也睡不著覺，到廚房喝了杯水，一邊思考自己現在的處境。

她原本就預料到遲早會被女員工盯上，遭受「洗禮」，儘管她一直小心翼翼，裝成乖寶寶，卻沒想到這時期來得意外地早。雖然現在她跟前原連交談都沒有了，但她曾經親近過女員工心目中宛若白馬王子般存在的前原，應該也是被當成中傷目標的原因之一。

剛進公司的時候，她立刻察覺有兩名傳統技藝的優良繼承者，便一直提防這兩位四十多歲未婚及五十多歲已婚的大姊頭前輩。她一直小心不惹人厭，但某日，一點小事還是引發了戰火。

一天，其他女員工誇張地為未婚的前輩慶祝生日。羽依覺得都這把年紀了，生日還有什麼好慶祝的，但依然面露笑容，還拍手加入慶祝的行列，殊不知這樣做並不夠。根據課裡的慣例，兩大大姊頭的生日都要準備禮物。當時羽依完全沒有察覺，但現在回想，已婚的那個前輩就像故意說給她聽似地說「我送了珠寶盒送她」，羽依卻完全沒察覺那是在兜著圈子索求禮物，只心想她倆感情真好。

其他女員工沒有人教，卻也從氣氛裡察覺該做什麼，除了羽依以外，每個人都送了禮物。她們是因為打從心裡害怕兩名大姊頭，所以察言觀色的能力特別發達吧。

大概從生日那個月過去的時候開始，前輩女員工針對羽依的竊竊私語增加了，伴手禮不分給她的「點心除名行動」也開始了。在休息室，前輩也露骨地避開羽依。其他同期的女生察覺這樣的氛圍，也開始積極排擠羽依。換上公司制服之前，如果穿新的便服去上班，就會被人用責怪的眼神看待。輪到她打掃時，上級的檢查會異樣苛刻，甚至被命令重掃。

最近，工作上即使有問題要問，其他人也冷漠地隨便回答，讓她不得要領，犯錯連連，甚至為此挨罵「無能」。男員工也開始察覺羽依遭到攻擊的氛圍，好奇心十足地觀戰。

只不過是沒收到生日禮物罷了，都幾歲的人了，居然耍這種賤招？羽依坐在除了廚房流理台燈以外，沒有任何光源的陰暗客廳沙發上，咬牙切齒。不過，生日禮物只不過是導火線。一定是從剛進公司就對我不爽的女人們，藉機團結在一起而已。

那，我也送禮物給根本就不欣賞的女前輩就行了嗎？加上一句「謝謝妳平日的照顧」，明明心裡頭壓根兒就不感謝？

這種作態的事，實在太丟人了，我才做不來。

「作態」是意近「假惺惺」之意的京都話，意指為了贏得周圍的讚賞，明明很不自然，卻偏要去做。比方說名牌包，拿的時候故意突顯商標，以便向人炫耀。在大阪，人們討厭不識斤兩的人，說他們「充場面」；在京都也是一樣，「作態」的人會在暗地裡遭到嘲笑。

切換成戀愛模式時，如果必要，羽依能滿不在乎地用嬌滴滴的嗓音裝小女人，令周圍的人倒彈三尺；不過特別是碰上女人間的戰爭時，她會強硬地連一步都不肯退讓。

明天不想去公司。如果不斷地隱忍下去，結局反而會提早到來。一定會演變成某一天怎麼樣都不願意去公司，就此辭職。

好，爆發吧。羽依雙眼發直，喝光涼水，下定決心。

隔天，羽依下班後正在換便服，那夥人彷彿埋伏已久，也進了置物間，原本無人的房間加上羽依，一下子變成了七個人。也許是早就準備在這期盼已久的機會抒發一整天的積怨，每個人的臉色都欣喜得發亮。

一行人瞥向剛好脫得只剩下內衣褲的羽依後，一如往常，從埋怨當天的工作聊起，並開始尋找犯人：到底是誰害得我們這麼辛苦？反正犯人永遠都是羽依，她們七嘴八舌地說起隱約可以聽出是在說羽依的特徵：今天聯絡卡在某人那裡；某人都進公司多久了，工作卻怎麼樣都學不會。

「真的就只知道打扮、討好男人，都進來公司多久了，連自己的工作都記不住。」

「跟同期的其他女員工相比，真是差太多了。其他人不管是工作還是端茶，都很細心周到。像我當新人的時候，不用人家說，也都張大眼睛豎起耳朵，留意哪裡有哪些需要，自己主動幫忙。什麼都不注意，成天發呆，只知道做交代下來的事，還一臉不在乎，我完全無法想像這種人在想些什麼，簡直是太可怕了。就只知道討好男人，所以男人好像都被她騙過去了。」

「可是就算是男人，也有些人看得很清楚啊。像前原先生就是，之前跟那個人交往過一下，覺得她很糟糕，所以才會上過一次床就把她給甩了。」

一陣笑聲揚起。等到了，就是現在。

「妳們這是在說我嗎？」

羽依一臉凶狠地迅速回頭，撞見大姊頭們錯愕的表情。在京都，人們有種默契，遇到有人壞心眼地在背後批評時，就只能背對著人群，默默承受。可是，誰要默默承受啊？不管什麼事，我都要當面說清楚。

「我在問，妳們這是在說我壞話嗎！」

羽依近乎咆哮的怒吼震動整間置物室。嚇壞了的跟班們聚成了一團，但羽依把炮火集中在權力最大的大姊頭身上，走了過去。

「怎樣？說清楚啊！」

「我、我又沒在說誰壞話，對吧？」

大姊頭臉上貼著僵硬的笑，和旁邊的跟班對望，彼此點點頭。

「就是說嘛，我看妳們也沒下作到這種地步，敢說就在同一個房間裡的老娘壞話！」

羽依甚至丟開了敬語，口氣粗俗，簡直迫力懾人，與平常女人味十足的言行完全是天壤之別，大姊頭甚至不敢凶回來，只是面露軟弱的笑，重複道：「對啊、對啊。」

「告訴妳們，我根本沒跟前原先生上床，當然也沒被他甩了。妳們敢在公司裡隨便散播謠言看看，小心我告妳們職權騷擾！妳們之前的各種謾罵，我全部都用錄音筆錄起來了，要是上法院，絕對讓妳們吃不完兜著走！」

當然，羽依根本沒帶什麼錄音筆，說的話也蠻橫無理，不過最重要的是讓對方明白：「老娘就是這麼氣，氣到不曉得會幹出什麼事來。」羽依全身散發瘋狂的殺氣，就像在說「老娘要是抓狂，管它三七二十一，絕對要妳們沒命」，她滿臉漲紅，彷彿隨時都要動手開扁，充血的眼睛狠狠一瞪，那迫力令每個人都深深低頭，不敢觸犯。只敢背地裡說人壞話的傢伙，每一個都是這副德行。只有待在安全無虞的安全圈裡，才敢偷偷向人丟石頭。

羽依粗魯地把皮包搭到肩上，踩著粗暴的腳步作勢要離開置物間，但是眾人才剛鬆了一口氣，她又折了回來，再次仔仔細細地瞪遍每一個人。

羽依鼻翼翕張，從置物間來到走廊，這時上司叫住了她。

「羽依，今天也辛苦啦。我正要跟業務部那些人去吃晚飯，順便喝酒，妳要不要一道來？」

特別中意羽依的上司做出舉杯喝酒的動作，開朗地大聲邀約。兩人不同部門，但這名上司以前也曾邀她去祇園的啤酒花園。

「這樣不好吧，只有我一個人臨時參加，不好意思啦。」

「什麼話，少了妳，氣氛怎麼會熱鬧？今天晚上要去先斗町的炸串店。妳喜歡炸串對吧？」

「我最愛炸串了！那麼，我也去好了。」

羽依故意大聲回答，讓置物間裡也能聽到，然後趾高氣揚地離開公司。

一直到高喊乾杯，一口氣喝光啤酒都很爽快，但酒精生效之後，就算是在鴨川河邊，依舊熱到不行，背部冒出一層汗。這也難怪，雖然已是九月中旬，但連日都是超過三十度的高溫，這暑熱與其說是殘暑，根本還是盛夏，暑氣絲毫不減。

如果乾脆告訴自己京都沒有殘暑、九月還是盛夏，心理上可能比較能接受。京都的夏季是六月到九月，秋季只有十月，十一到三月是冬季，四到五月是春季，這樣去想，比較能聽天由命，長命百歲。宜人的季節極為短暫。

狹小細長到像要把人吸進去的先斗町窄巷裡，紅燈籠一字相連，石板地磨得光滑，即使大批醉客蜂擁而入，也不失古雅。今天用餐的店家位在先斗町的中間位置，裡面的座位分為室內和突出鴨川河面的納涼露台，兩邊都客滿了，沒有預約應該無法入內。羽依等人的座位在納涼露台，沒有屋頂的開放感，以及就流過近旁的鴨川滔滔不絕的流水令人舒暢，還沒乾杯，一行人的情緒便已亢奮極了。納涼露台的客人都喝了酒，七嘴八舌，但說話聲與流水聲融合在一起，就連喧囂都令人備感愜意。

這家店的賣點是炸串搭配紅酒，實際叫來一嘗，真的非常美味，特別是炸牛肉串和紅酒非常搭。小菜是以美麗的刻花玻璃小皿盛裝的醋醃品，小黃瓜切成綠楓葉的形狀，夏意十足，清涼有餘。

羽依從洗手間回來，將化妝包收進皮包，這時梅川從遠處的座位走來，請羽依喝瓶裝啤酒，「來，喝吧。」自從在近江舞子稍微交談過後，羽依就強烈感覺到梅川經常在看她，不過，看見他趁著羽依周圍沒人的一瞬間跑來坐下，隱約的懷疑變成了確信。

「梅川先生，你今天真會喝。」

「課長在為妳的事操心，他說：『羽依被周圍的女同事欺負，萬一她說要辭職怎麼辦？』我們課裡的人也說：『這樣不行』、『那再約她出來喝酒吧！』所以今天下班後也沒回家，都在等妳從置物間出來呢。」

課長的溫情令羽依的胸口漸漸熱了起來。有人討厭我，但也有人喜歡我。要當萬人迷是不可能的，明明是很天經地義的事，有時卻會為此受傷到甚至心神憔悴，是因為太自戀的關係嗎？

「羽依小姐很受歡迎喔。嗳，別太煩惱了。男人就不會想太多。」

梅川的撫慰溫柔地沁入心胸，同時羽依也恍然大悟：難怪同性的女人會這麼氣我。她並非纖弱地默默承受著，剛才明明額冒青筋地潑婦罵街，現在卻裝出一副楚楚可憐的模樣，讓男人安慰。那些對她使壞的女人裡面，或許有人是真心喜歡前原。她們一定會想：憑什麼就只有她受到男人寵愛？

哈哈哈，爽呆了。

雖然沒有出聲，但羽依在心底用腹肌竊笑著。

「總之，暫時拋開那些煩人的事，盡情暢飲吧。」

梅川說著，以熱烈的眼神凝望過來，羽依對此有些毛骨悚然，往他的酒杯斟酒。

隔天是星期六，羽依一直喝到很晚，坐計程車回家時，都快凌晨一點了。在安靜漆黑的客廳裡，待醉意帶來的亢奮退去，今天在公司幹出的種種好事重回腦海，令她忍不住沮喪到家。學生時代有效的發飆技巧，在公司裡不一定管用。公司有著比校園更複雜的權力關係和階級關係。因為她早已下定決心，所以執行是沒有問題，不過或許有點說得太過頭了，羽依因羞恥和後悔而呻吟起來。不管再怎麼氣憤，居然用流氓似的口吻對前輩嗆聲，根本毫無常識可言。她們一定都覺得我瘋了。

而且後來自己還跟男同事出去喝酒，簡直就像在挑釁那些女員工，這樣好嗎？或許會火上加油，遭到全公司女員工的排擠。排擠到無法繼續待下去……

「連燈也不開，妳坐在這麼暗的地方做什麼？」

洗完澡用毛巾包著溼髮的綾香驚嚇地走進客廳。

「醒酒。暗一點比較舒服。」

羽依以邋遢的姿勢坐在沙發上回道，綾香應了聲「是喔」，去廚房倒了杯水過來。

「跟誰去喝酒？」

「公司的一群男同事。有上司跟同輩，大概十個人，女的只有我一個。」

「好奢侈，換成是我，一定會嚇到不敢去。」

綾香發出不知道是佩服還是吃不消的聲音說，咕嚕嚕地喝了水。綾香也只開了廚房的流理台燈，因此客廳還是一樣陰暗，水龍頭剩餘的水滴滴答答地落到流理台。

「姊怎麼能一直待在同一個職場？我可能沒辦法，畢竟處理不好人際關係。」

「怎麼會？妳不是跟公司的人好到一起去喝酒嗎？」

「跟男的是沒問題。」

「我是因為圖書館步調悠閒，才有辦法做這麼久，如果是妳公司那樣厲害的大企業，一定沒辦法。優秀的員工之間應該也很競爭。」

「也不是多厲害的大企業，而且我也只是一般行政職。」

羽依嘴上自嘲，自尊心卻久違地受到了吹捧。沒錯，考進那家公司是我的驕傲。我靠著得要領、有人緣，不只是學生時代，出社會以後也搶到了不錯的位置，這是我了不起之處。因為向來處在逆風險阻中，獲得肯定成了鼓勵，她全憑一股幹勁，投入完全陌生的業務裡頭。

「我是散發出惹同性討厭的氣息嗎？明明想跟女同事處得更好，卻老是起糾紛。也沒什麼同性的朋友。」

「我們是三姊妹，感情卻很好啊。這跟男女無關，妳只要跟喜歡妳內在的人親近就好了。」

「是啊。」

「雖然要努力，不過也別太勉強自己。」

「好。」

我還是不會辭職。畢竟有人支持著我。我才不會認輸，下星期開始，繼續求生戰！

決定之後，心頭莫名清爽，羽依在沙發仰躺下來。

「對了，跟男同事喝酒的時候，我有講到姊的事。」

「講到我？」

「有人問我有沒有兄弟姊妹，我說我們家是三姊妹，結果每個人都好興奮。他們追問詳情，我就說『哦，我姊三十一歲，個性很文靜』，結果宮尾先生非常感興趣。啊，宮尾先生是業務部門的，單身，三十九歲。後來他一直說『務必讓我跟妳姊姊見個面』，我隨便敷衍過去了。」

羽依等著姊姊笑著回應「討厭啦」，沒想到綾香默不吭聲。羽依撐起上身，隔著沙發背仔細看綾香怎麼了，結果看見綾香頭包裹著毛巾站在原地，注視著羽依。她穿著毛巾料粉紅條紋無袖洋裝，剛沐浴出來的渾圓肩頭散發出光澤。

姊姊的年紀、單身狀態，我不該向公司的人透露這麼多細節嗎？羽依急忙尋思該如何辯解，結果綾香開口了：

「好。」

「什麼？」

「我可以跟那位宮尾先生見個面。」

「這樣嗎？」

綾香再倒了一杯水，這次一口氣喝光了。

綾香只要專注起來，表情就會愈來愈像米菲兔。她原有張白皙而帶點國字型的麻糬臉，上頭是一雙渾圓而認真的眼睛，配上扺得小小的嘴唇，和嘴部打叉的米菲兔看起來是一個模樣。米菲兔原本對著穿衣鏡交疊和服衣領，卻忽然嫌惡起所有的一切，解開腰帶繩，一口氣褪下和服。

攤開在榻榻米上的碎花和服，這已經是第四件了，每一件在衣櫃深處塵封許久，散發出樟腦的味道。由於開了弱空調，小房間裡應該很涼爽，但綾香穿著白色和服襯衣的背部卻被汗水沾得一片濡溼。怔立在原地的綾香用鼻子呼吸著，俯視腳邊的綢緞大海，但是不一會兒便將半開的衣櫃最底層整個打開，又逐一挑選起用疊紙[15]

15 疊紙，專門用來包裹衣物的厚和紙。

包起的和服。距離約好的中午，只剩下兩小時。由於無法決定和服的搭配，時間已經極為緊迫，無法想像她是從一早就開始準備。

其實她想一個人私下處理和宮尾見面的事，但畢竟介紹人是羽依，綾香答應見面的隔天早上，羽依便在全家齊聚的餐桌上報告說：「姊姊很感興趣喔。」對什麼感興趣？父母問道，羽依向他們說明後，明明還不曉得結果會如何，家人卻一下子興致勃勃起來，陷入操之過急的祝福氛圍——太好了，小綾，妳好久沒有男朋友了，從年齡來看，或許有可能結婚喔！

綾香嗔怪說又還沒見面，不要在那裡瞎起鬨，但家人出乎意料的熱烈反應，令她悄悄地受了傷。因為從他們乍然亮起的表情，可以一清二楚地看出大家雖然沒有提起，但其實都在為她擔心。

特別是母親歡天喜地，硬是抓住跟人有約急著要出門的羽依，詳細追問宮尾是個怎樣的人。綾香裝作目瞪口呆而漠不關心的模樣，卻一字不漏地聆聽兩人的對話。

宮尾俊樹，三十九歲，單身。這些資訊昨晚就聽說了，她私下在意的是否離過婚，答案是沒有，身高將近一八〇公分，在公司也是相當活躍的人才。

「感覺滿受歡迎的呢。這樣的人怎麼會將近四十了還單身？」

母親問了綾香好奇的問題。

「唔，應該是有交往的經驗，不過他在公司並沒有多受歡迎。宮尾先生不是什麼怪人，不過跟他相處，大概就可以理解為什麼會單身。見到他應該就懂了。」

「是個怪人嗎？」

「也不是怪人，應該是害羞吧，說好聽的話。」

「是因為長相嗎？還是很胖？」

「長相比他糟糕的多的是，身材也算是瘦的。」

「不錯喔，綾香。當然也要見過面才知道，不過跟羽依同一家公司，為人也很踏實，應該是個很不錯的人選。」

我要走了，羽依說著，離開餐椅，而綾香對著音調比平常高亢許多的母親聲音苦笑歪頭。

「啊，姊，我會問一下宮尾先生什麼時候有空。」已經離開飯廳的羽依好像想起來似地，又從門口探頭進來補上這句話，綾香佯裝平靜，應聲說好，卻感覺臉龐無可克制地變得滾燙。

隔天，綾香和羽依商量第一次約會要穿什麼，母親聞風而來，加入討論。綾香半開玩笑地說：「唔，我穿得最好的就數和服了。」

沒想到母親大表贊同：「就穿和服吧！」

和服的基礎穿法，是由已經過世的外婆教導綾香的，她長大之後自己去上和服教室，磨鍊和服的穿搭，現在技術已經純熟到幾乎可以在自家開教室了。因為荷包的關係，無法三不五時買和服，但她經常去逛和服店，蒐購價格平實的襯領和和服繩，成了她的興趣。

「和服有點太盛裝打扮了吧。女方這麼鄭重其事，可能會嚇到男方。」

聽到羽依的話，綾香就要點頭，母親卻說：

「怎麼會？第一印象最重要，讓宮尾先生第一次就看到最美的綾香，不是比較好嗎？」

綾香聞言，心意又動搖了。

「穿和服去赴約，簡直像相親不是嗎？人家只是想先輕鬆地見個面再說耶。」

「媽覺得只要一開始聲明嗜好是穿和服，也不會太不自然。再說，是三十九歲的男人跟三十一歲的女人見面，再怎麼輕鬆，還是需要禮儀吧？」

綾香默默地肯定母親的話。就像羽依說的，穿和服或許確實有些鄭重過頭了，不過綾香也不希望對方的心態太輕率。試著交往一下，若合不來就分手，她不想再經歷這樣的戀愛了。她想要的是結婚。如果能夠，見個幾次面，檢討對方的各項條件，下一個階段就可以決定要不要結婚的話，那該有多麼令人安心。換句話說，綾香想要的是相親結婚。她害怕再次經歷沒有結果的戀愛傷害，最重要的是，時間寶貴。母親或許也有著和綾香一樣的心情，兩人的話投機得可怕。

羽依不知不覺間從三人討論的客廳消失了。母女倆移師榻榻米的小房間，打開櫥櫃挑選和服。奧澤家代代蒐集的和服種類形形色色，來歷各不相同，背負著母女三代長年來的歷史，因此收納它們的櫥櫃，散發出來的氣息有些潮溼。外婆嫁進來的時候，曾外祖父給她的嫁妝和服；鄰家是紡織行時，捧場買下的腰帶；曾外祖母葬禮時，半強迫地被分到的遺物和服……。像凜就說「有點可怕」，從小便不肯靠近和服櫥櫃所在的和室。

相較於過去的和服設計多半大膽，綾香近年用薪水買的碎花和服，櫻花花瓣等等的圖案十分巧緻，色澤也多是淡粉紅或灰色，十分素雅。

「穿這件黃色的絲綿和服怎麼樣？配上刺繡的襯領。妳上次去二条城的時候穿這件，非常適合。」

「真的嗎？那個時候是搭這條腰帶。」

綾香取出綠色的若松帶，母親不甚同意地直盯著看，說：

「有點太素了吧？腰帶的色調也比較暗，不適合。西陣的唐織腰帶，那條收哪去了？最上面一層嗎？」

母親站起來，打開最上層的櫥櫃抽屜。

「唐織腰帶太華麗了吧？二十幾歲也就罷了，現在的我打那種腰帶，感覺格格不入。」

「妳在說什麼？一定很適合的。像妳這種年紀，不能穿太素的和服。花到俗麗的原色和服當然最好避免，不過既然要穿，就要穿明亮的、有女人味的、風韻秀雅的和服比較好不是嗎？我是不曉得啦。」

母親習慣在話尾加上一句「我是不曉得啦」。這是非常關西風格的、避免斷定的口頭禪，其他關西人也會用，但母親特別愛用。綾香也常說京都話的「總覺得」，一樣是用來模糊語意的措詞。

「找到了，妳看，這樣的搭配很棒吧？像這樣巧妙地融合新舊，特別有味道。」

在宛如玉子燒般的黃色與乳白色的繭綢和服上，擺上母親挖掘出來的、小花紛飛略帶金色的橘色腰帶，便成了極為亮眼的摩登搭配。

「真的，好美。」

「穿上這身和服現身約好的地點，宮尾先生一定會嚇一大跳。」

見面的目的又不是要驚嚇對方……綾香想著，但想像自己穿上這身和服亮麗登場的模樣，內心也忍不住激動起來。

兩人原本預定在京都市公所站的驗票口前碰面，但後來升級到京都大倉飯店大廳，因為那裡有冷氣和椅子；綾香也叫好計程車到家迎接，免得弄皺和服。

然而到了當天，實際站到穿衣鏡前穿戴起和服，每一樣都覺得哪裡不太對勁，腰帶打到一半又解了開來。和母親一起決定時覺得是第一首選的和服搭配，老早被綾香認為「還是太華麗了，絕對不行」，從備選清單中刪除了。綾香自己覺得穿去二条城的搭配最好，但一想起母親說的「腰帶太素了」、「色調不合」，實在提不起勁穿去。

結果她自暴自棄地隨手抓起和服與腰帶搭配，叉著腳站在穿衣鏡前審視。格紋和服不壞，適度的休閒風格。但都大費周章穿上和服了，休閒風格能拿來當藉口嗎？

不行，還是有點太沉重了。羽依說的才是對的。綾香鼓不起勇氣穿和服赴約。她嘆了一口氣，鬆開腰帶，心情頓時變得比穿和服時要輕鬆太多。和服本來就會把人勒得緊緊的，再加上緊張，她之前甚至無法好好呼吸。

「穿這件去就好了。」

搭配完手上幾乎所有的和服後，汗涔涔的綾香從衣櫃裡拿出來的，是深褐色配黑色圓點花紋的洋裝。聚酯素材帶有透明感，胸口處有小鈕釦，腰間有可以綁蝴蝶結的細腰帶。走路的時候，及膝的裙子描繪出美麗的曲線。是一件普通的洋裝。因為質料高級，因此顯得高雅，又十分樸素，穿上這件衣服，頭髮綁成一束，綾香就宛如以昭和電影裡頭出現的國文老師。

這是她穿起來最自在的一套衣服。綾香用印有溫泉旅館名的毛巾拭去全身汗水，穿上長度到大腿一半的黑色襯衣，免得內衣透出來，再套上洋裝。原本打算要穿和服而沒有處理的腿毛令她有些介意，但最近才剛刮過，應該還不到礙眼的地步。

沒時間對飾品精挑細選了，綾香靈機一動，戴上裝飾在鏡台前散發乳白光澤的貝殼長鍊，襯托著臉頰。

搭上黑皮肩包，氣喘吁吁地離開房間時，在玄關撞上剛好回家的母親。綾香為了不想遇到上午去練習日本舞踊的母親，本來想提早出門，但因為換裝猶豫不決，計畫整個打亂了。

「媽，妳回來了。」

「我回來了。咦，綾香，妳的和服呢？」

母親問了意料中的問題，綾香一陣尷尬，結結巴巴地說：「實際一穿，覺得太招搖了……樟腦味也有些刺鼻……」

「這樣啊。那就別穿了。」

母親用一種大夢初醒的表情點點頭。

「媽去上日本舞踊課回來的路上，也重新考慮了一下。和服可能還是等到以後一點再穿比較好吧。我是不曉得啦。」

「嗯，我出門了。」

綾香踩著高跟鞋，靈巧地跳過玄關石板地，坐進在門口等待的計程車。

看見對方放在膝上的雙手緊緊地握成拳頭，綾香慶幸沒有穿和服來赴約。

以三十九歲的年紀而已，宮尾並未老得令人驚訝，沒有贅肉的細長臉頰反而給人年輕的印象，高大的個子和手掌看起來很結實，感覺有運動習慣。然而為什麼呢……？就是哪裡怪怪的。服裝很普通，襯衫配棉褲；說話的表情也是，有點像是在觀察綾香的眼神雖然骨碌碌地轉過頭了些，但雙方都是如此，沒什麼好說的。不僅是個子高，骨架也很大，尤其是肩膀寬闊，手腳也長，身材看起來卻不怎麼好，是因為臉太大嗎？不只是尺寸，臉——或者說頭部，有一種奇怪的感覺，為什麼呢？

啊，因為他留了顆大平頭。雖然不到頭皮發亮的地步，但宮尾的頭髮理得極短，就像運動員。以近四十歲的男人而言，是很罕見的髮型。

離開飯店，前往宮尾預約的餐廳用午餐的時候，在陽光底下看到他，綾香總算發現了。宮尾整顆頭理到頭髮只有五公厘長，頭皮也和臉一樣曬得黝黑。並非禿得光溜溜，也是常見的髮型，所以說古怪是太誇張了，不過在綾香的人生裡，從來沒有遇過任何一個大人留著像高中棒球隊隊員一樣的大平頭。

我還滿喜歡男生的頭髮的。太長的不喜歡，不過完全沒有劉海，就少了那麼點風情。對男人來說，頭髮也是魅力的一部分吧。

在京都市公所前的公車站和宮尾一起等車時，綾香漫無邊際地想著這些無關緊要的事，因為久違的約會令她極度緊張。

抵達餐廳，吃著套餐，宮尾態度爽朗，問了綾香許多問題——妳的興趣是什麼？喜歡運動嗎？要一邊吃沙拉裡面的煎馬鈴薯、切小羊排，一邊回答問題，實在相當困難，口中有食物的時候，綾香會讓對方稍等一會兒之後才回答。

畢竟是識大體的大人之間的對話，彼此一邊交談，一邊適時稱讚對方；然而另一方面，綾香卻也覺得兩人就好像散步途中遇到的狗，正在嗅聞彼此的屁股氣味，一想到這裡，幾乎難以克制內心的羞澀。

坐在客廳沙發等待的母親和羽依，看見綾香回來時那一臉失魂落魄的表情，頓時不安起來。

「綾香，妳回來了。妳去了好久喔。」

「嗯。我跟宮尾先生也一起吃了晚飯。」

「咦，這樣啊？」

宮尾先生怎麼樣？感覺可以順利進展嗎？母親和羽依很想追問，但綾香身上散發出不好直接詢問的氛圍。

「有沒有什麼可以吃的？」

「怎麼，妳不是吃過晚飯了嗎？」

「我是吃得很飽，可是忽然一股勁上來，回程走了一段路，結果又餓了。」

「那麼，有我做的炒麵，要吃嗎？」

羽依做的晚飯，幾乎都是可以用一只平底鍋搞定的料理。炒麵、炒飯、炒菜、麻婆豆腐、荷包蛋、煎得香脆的培根、美乃滋炒雞塊……。每一樣都是兩三下即可完成，幾乎沒什麼廚具要洗。這當然是考慮到方便製作的結果，同時也徹底顯現出羽依的想法：煮飯是浪費時間，只想輕鬆做出還算好吃的料理，趕快大快朵頤。

綾香一邊嘆氣，一邊將平底鍋裡剩下的、像橡皮一樣拉長的炒麵夾到盤子上，用微波爐熱過之後吃了。炒麵與那樸素到不行的外觀相反，意外地頗為美味。羽依不會挑戰新菜色，但總是維持穩定的水準。

「羽依做的炒麵，跟路邊攤賣的炒麵一模一樣，好好吃。」

「嗯，我就是學路邊攤的。菜和肉只放一點點，麵幾乎不加水，放很多油，短時間內快速熱炒到香脆。料和麵分開炒，最後再混合拌炒。如果加上芥末和美乃滋，會更像路邊攤喔。」

「真的嗎？會變成什麼味道？我來試試看。」

綾香打開冰箱門，取出管裝芥末和美乃滋。

「宮尾先生怎麼樣？」

羽依終於問了。綾香好半晌沒有回話，但她不是在整理想法，也不是在斟酌字句，而是真的一點感想都沒有。

「……他人很好，真的很好。以第一次見面來說，也聊得很愉快。」

「這樣嗎？那太好了。這表示你們滿投緣的吧，我是不曉得啦。」

「投緣喔……」

聽到母親喜孜孜的語氣，綾香沉思起來。

「怎麼，感覺不投機嗎？」

「是不會啦……」

不知道，因為我們還是陌生人——綾香把原本想接著說的話吞了回去。

「宮野先生三十九歲，未婚，但感覺不差，對吧？不是因為有什麼問題才沒結婚，感覺就是對工作太投入，結果就這樣一直單身到現在。我們公司還有很多單身的男人，但可以介紹給姊的，就只有宮尾先生一個了。」

羽依對宮尾的好話，綾香毫無異議，點點頭說：「真的是這樣。」能認識這樣的男士，自己一定算是幸運的。

綾香提不起勁洗澡，坐在房間裡從國中用到現在的書桌前，回想今天一整天的活動。

兩人吃完午飯後，一時無法決定接下來要做什麼，本來說要看電影，但一查場次時間，剛好錯過，結果兩人去了小學校地改建而成的漫畫博物館。這是個頗為罕見的機構，蒐集了新舊漫畫約三十萬冊，可以拿到喜歡的地方閱讀。宮尾想到綾香是圖書館員，覺得她或許會感興趣，才挑選了這個地方。確實，把小學整個改建為圖書館，開架區書架蒐集了跨越年代和出版社的一切漫畫，這引起綾香的興趣，兩人各自挑了幾本漫畫，坐在校舍前的草地上讀著。天色一暗，氣溫陡然降低，於是兩人離開草坪操場，走到八坂神社附近，進入宮尾喜歡的居酒屋，這裡主要販賣關東煮。回想起來，今天一整天從三条到祇園一帶，走了相當多的路。從漫畫圖書館到居酒屋的路上，綾香的緊張和體力也瀕臨極限，整個人累壞了，從途中開始就幾乎沒有說話。宮尾步距很大，走路也很快，但注意到綾香有些落後，便默默地放慢速度配合她。

居酒屋的店頭以紅色的燈籠和舊型紅色郵筒迎接客人，宮尾不愧是常客，點菜很順暢，關西高湯的淡口味關東煮和燉魚等菜色也很美味，比中午的義大利餐廳更能放鬆品嘗。

約會本身還算不錯。綾香原本擔心自己會不會因為太緊張而出糗，但兩人都已經不是十幾歲的青少年了，約會少了那種青澀，也因此更為從容。

綾香最在意的是自己「覺得宮尾先生怎麼樣」的心情，然而心緒卻模糊不清，一旦想要釐清，就會溜得不見蹤影，明明是自己的心情，卻捉摸不定，教人混亂。硬要說的話，最真實的感想應該是：只見面一次，實在不能說什麼。

只要宮尾有意願，她想繼續約會，也願意考慮結婚。不過，實際見面之前，本想像傳統相親那樣，只見個幾次面，不交往就立刻討論結婚，這股在心頭沸騰的想法，已經消失無蹤了。

「哎，跟戀愛小說差好多啊。」

要跟一個毫無瓜葛的人住在同一個屋簷下，生小孩，共度一生嗎？不，這不折不扣是家人介紹而開始的交往，或許不能說是毫無瓜葛。再說，大學的時候，綾香還曾經對只是在校舍走廊擦身而過的男生一見鐘情，厚臉皮地透過朋友的朋友的朋友介紹，設法見面（雖然成功地跟對方幾次團體出遊，但終究還是沒有私下單獨見面），所以說宮尾先生是陌生人，這樣太自私了。這是他對我有興趣，我也對他有興趣，再加上羽依的協助，才總算能實現的邂逅。

「姊，我洗好了。」

凜打開房門說。睡覺的時候，全家人裡面只有凜會穿上成套睡衣，她今天穿了白底藍格紋的睡衣。

「嗯，我馬上去洗。」

綾香坐在椅子上，只提高聲調明朗地回應，但可以感受到凜在擔心。凜和母親、羽依不一樣，似乎不是好奇她與宮尾交往的情況，而是擔憂綾香的心情，所以綾香想向她抒發一下。

「我今天累壞了，好久沒約會。而且走了很多路。」

「嗯，辛苦了。」

凜用毛巾擦著溼髮，在綾香的床角坐下。凜留著一頭勉強蓋住耳朵的鮑伯頭，沒有吹乾頭髮的習慣，總是放任自然乾燥。

「本來以為第一次見面會緊張，但彼此都是大人了，聊得很順暢。約會的地點也選擇最不過不失的選項，去吃了好吃的東西。雖然滿盡興的，可是因為彼此都太熟悉交際了，最後還看不太出來彼此到底合不合，約會就結束了。現在也是，比起為對方心動，現在內心只覺得總算順利結束一整天的任務，鬆了一口氣。這個樣子，兩人之間真的有辦法進展什麼特別的關係嗎？」

凜表情困窘地聆聽綾香的話，發現對方想知道自己的意見，便開口說：

「如果對方有意思，應該滿快就會有進展吧？」

「宮尾先生也是，跟我見面，與其說是開心，更像是淡淡地走完行程，看起來酷酷的。我有點無法想像他喜歡上我，熱情追求的樣子。」

「對姊來說，重要的是會不會喜歡上彼此呢。」凜不知為何紅著臉回答。

「這不是天經地義的事嗎？少了喜歡的心情，男女之間的感情要怎麼開始？」

綾香說著說著，發現凜漸漸地低下頭去。這麼說來，她從來沒聽過凜說喜歡誰，或是交了男朋友。在家人的心目中，凜永遠都是小小的么女，看到高中時代也沒有任何戀愛話題，下課後都跑去手球隊練習的凜，羽依還曾開玩笑地說「她是怪胎」，但現在，凜也已經是個研究生了。

「已經一點了啊。抱歉三更半夜突然跟妳說這些。我要去洗澡了，妳也去睡吧。」

綾香突然恢復姊姊架勢，站了起來。也許凜還沒有喜歡上任何人的經驗。那麼赤裸裸地說出自己的心情，害凜不知所措，不是當姊姊的該有的行為。雖說是理所當然，但是比起今天剛見面的宮尾，她更重視從小疼愛的妹妹的心情。

凜好半晌默默地擦著頭髮，說：

「我是不太懂，不過姊能遇到這麼認真思考的對象，我覺得真的很好。如果是個爛到不行的人，根本不必煩惱，結論早就出來了。就是因為心裡有點意思，才會想東想西吧？」

被妹妹一語道破，綾香的體溫急速上升。

「嗯，確實，我是那種凡事小心翼翼的人，就連看到好兆頭，都忍不住要胡思亂想。」

綾香想掩飾內心的慌亂，說了些冷靜的自我分析，但聲音都走調了，欲蓋彌彰。凜也沒有進一步捉弄這樣的姊姊，說了聲「晚安」，回房間去了。

或許就像凜說的，因為我對宮尾先生有意思，才會煩惱個不停。綾香走下通往一樓的陰暗樓梯尋思著。凜還年輕，應該無法想像，但我內心最強烈的念頭是「錯過這次，可能就沒有下一次了」，因此在判斷自己與對方是否契合時，壓力極大。未來可能孤單一輩子的不安，讓她不管對象是誰，只要願意接納自己，都想不顧一切地靠過去；但又自私地想避免和貌合神離的對象同住一輩子的愚蠢選擇，兩種情緒矛盾不已。唐突地，腦中冒出一個畫面：一隻狗叼著一塊肉，望著倒映在河面的自己，心想：「那塊肉好像也很好吃。」不禁內心一陣糾結。

會如此急迫難安，或許是受到過去的戀愛經驗影響。

綾香認真交往的上一任男友，一開始雖然對她滿懷愛情，甚至論及婚嫁，到了後來，卻變得毫無笑容、幹勁全失，只顧著玩手機，和綾香之間的溫度差距愈來愈大。現在綾香能夠憶起的，只有他或坐或臥在沙發上玩手機的背影。他是個視野極狹隘的人，手機對他來說，是除了我之外，他與外界相連的唯一一道小窗嗎？

由於和他交往的影響，綾香害怕男人開始說起「我很忙，很累」。因為她無法分辨，他們是真的又累又忙嗎？或者是即使見面也提不起勁，所以拿那些話來當藉口而已？

只要詢問對方：「你看起來沒什麼精神，怎麼了？」得到的回答常是「我很累」、「我很忙」，這時總不能責怪說：「你騙人！」明明剛交往的時候，即使是差不多忙的日子，只要跟我見面，就興致高昂。男人也會因為不再喜歡了、差不多想分手了，而自覺地撒謊「我累了」、「我很忙」，另一種情況則是體力指數真的降到零，無自覺地說「我累了」、「我很忙」。不管是哪一種，身邊的女人都能察覺出來。察覺那明明不想察覺，卻一清二楚的、自己與男方的溫差。因為自己不管再怎麼疲累，只要見到心上人，就幸福到可以將一切拋諸腦後。相反地，對方真的忙到累壞了的情況，女人不管等上多久，即使男方沒力氣搭理，而是在一旁呼呼大睡，也一點都不會感到不安。

每當看到女人被男方以占有欲強、愛嫉妒為由疏遠，綾香總是對她們感到共鳴、同情。這明明不是事實。妳的雷達是正常的。妳只是察覺了危險的陰影，像隻敏感的小狗般叫個不停。男人與其拿工作當藉口，日漸疏遠，倒不如隨著一句簡短的道別，乾脆地從女人眼前消失，才叫做好心。隱藏不敢明確說出口的懦弱，裝作身體被公司搞壞的樣子，對於這種男人，放棄是唯一的選擇。

宮尾並未炫耀自己有多忙碌，綾香約會時再三詢問：「時間不要緊嗎？」他也只是說：「今天除了跟綾香小姐見面以外，沒有任何行程。」一整天從容地陪著她。但是誰曉得會不會有那麼一天，他會連假日都拿工作繁忙為由，拒絕見面。綾香討厭看起來忙碌不堪的人，其實是因為害怕被對方蓋下「不值得見面的無趣之人」的烙印，以工作為由疏遠、消失。

第三天，從公司回來的羽依略顯目瞪口呆，遞給綾香一只白色信封。

「這是宮尾先生給妳的。妳們連聯絡方法都沒有交換嗎？宮尾先生慌得跟什麼似的。」

信封裡有宮尾的名片和一張小卡片，名片上的頭銜是「營業部代理課長」。卡片上寫了幾句話、手機號碼、手機信箱，字體細小工整，與他的體格完全不相稱。綾香心裡一陣驚訝。這是宮尾先生的字？真意外。

謝謝妳給了我一段愉快的時光。如果有機會，希望還可以一起出去走走。請多指教。

綾香一直無法拿捏與宮尾的約會是怎樣的感受，但是看到卡片上「愉快的時光」幾個字，瞬間湧出一陣喜悅，對著卡片不停地點頭：對，我也很愉快，是睽違許久，幸福的一天，我也想再和你一起出去走走。

沒想到反應會如此激烈。得知凜想進的企業是東京都內的零食廠商，母親坐在擺著公司報考手冊的咖啡桌另一頭，當場哭了出來。至於父親，他一臉憤懣地打斷凜結結巴巴的說明，丟下一句「夠了，妳重新考慮」，就讀起報紙，彷彿凜從未表明心志。凜滿心莫名其妙，腦袋一片空白，收拾桌上的手冊，臉頰卻愈來愈熱，眼眶紅了起來，低喃了一句「我不會放棄」，踩著粗重的腳步離開了客廳。

到底發生了什麼事？

直到剛才，父母都還笑咪咪地討論著凜將來的工作。母親說綾香那時候因為碰上求職冰河期，新員工的錄取名額本身就少，很辛苦，但凜應該不要緊；凜說教授可能會幫忙介紹不錯的公司，父親聞言便稱讚：太好了，這都是妳在研究所努力的成果。然而她一說出教授介紹的公司在東京，客廳的空氣便剎那間凍結。凜也依稀感覺如果提出要離開京都去遠方，可能會引發風波，因此從未向父母表明自己想要前往新天地，但她還是沒想到居然會被否絕到這種地步。

他們甚至沒問她為什麼想去。凜趴在房間書桌，抱著父母連封面都不肯看上一眼的手冊垂淚。進入研究所之後，她就決心兩年後要去東京工作，一直努力投入生化研究。教授也很肯定她，還破格為她斡旋到大食品廠商工作。

她又不是因為想要離開家人，才選擇遠方的公司。也不是要永久定居外國，或再也不回來京都，只是說她想要去同樣在日本國內的首都工作，卻害得父母傷心落淚。奧澤家本來就滿保守的，父親和母親以前是青梅竹馬，也是鄰居，親戚幾乎都住在京都或關西圈其他地方，兩個姊姊也不曾說要離開京都工作。

小時候，每逢假期，他們就會全家一起去各地旅行，也去過東京迪士尼樂園三次，但不管去哪裡，只要一回到家，父母就會彼此說著「還是自己家最好」，大大鬆一口氣。凜很明白兩人對這塊土地有著深厚的感情，也非常疼愛孩子，但是一說到要離開，他們居然抗拒得如此激烈，她覺得根本就是異常。凜在怒意驅使下，坐在椅子上，一腳又一腳地踹著牆壁。她自小以來表達憤怒的方式就一成不變，這令她一瞬間不安起來：「我這個樣子，真的能好好適應東京嗎？」但她不管，繼續踢牆。母親很重視壁紙的乾淨完好，而凜自小就故意以這樣的行動來挑起母親的不愉快，以示抗議。鈍重的聲音透過牆壁，也傳到奧澤家的其他房間，整棟屋子隨著撞擊，微微搖晃。

一晚過去，凜依舊憤憤不平，待在家裡也彆扭，她打電話問未來：「要不要一起出去玩？」未來欣然答應，兩人在假日到河原町去逛街購物。

未來說想買新的運動鞋，凜陪她進了運動用品店，隔著店裡的櫥窗，在路上的人群中發現熟悉的面孔。

「啊，是羽依。」

「妳朋友？」

「不是，是我姊。」

羽依挽著身旁男人的手臂，開心地慢慢經過櫥窗前，姣好的身軀穿著貼身的洋裝。這季節只穿一件洋裝已經有點嫌冷了，但她看起來滿不在乎。應該是在今年的特賣會買的流行洋裝，穿在羽依身上卻有種懷舊的味道。羽依是如假包換的平成世代，氣質卻總像泡沫經濟時代勇往直前的時髦女孩，穿越時空來到河原町通。她光是走在路上就很引人注目，不只是因為漂亮，而是她全身散發出一種「看我看我」的厚臉皮氣息吧。

「不用打個招呼嗎？」

「不用。她不喜歡跟男朋友在一起的時候被家人打擾。」

羽依即使換了男朋友，也不會一一向家人介紹，不過這次在一起的人，看起來是個樸實的好人。比起過去羽依給她看過照片的搶手前男友們，感覺更容易溝通。不過羽依還是一樣，全身散發出十足能量，男方的存在感顯得稀薄。

「妳姊應該很受歡迎。」

「她大學的時候成天聯誼。對象形形色色，還跟寺院第二代聯誼過好幾次，她都叫他們『和尚男孩』。」

「什麼？聽起來好好玩。認識和尚的機會不多耶。」

「不，應該滿多的。我是沒有，不過除了羽依，我也聽說過其他朋友跟和尚聯誼。還有朋友說父母叫她去跟和尚相親呢。」

「真的嗎！不愧是有許多寺院和神社的京都。的確，走在路上，也經常看到和尚。」

「常有和尚穿著袈裟，神氣地在路上騎著機車呢。羽依當時跟那些和尚男孩裡面的一個感覺還不錯，對方很帥，又專情，羽依似乎也很有意思，但結果兩人還是沒有交往。我說：『為什麼？妳不是快喜歡上他了？很可惜欸！』結果她說：『就算能結婚，我也受不了寺院早上的修行，想想還是算了。』羽依早上都爬不起來。」

未來仰頭大笑。

「雖然是姊妹，氣質跟妳差很多呢。」

「嗯，很少有人說我們像。羽依跟我不一樣，長得漂亮又引人注目。」

未來目不轉睛地看著凜的臉：

「凜，妳說這話是認真的嗎？」

「咦？為什麼這麼問？」

「妳姊是很漂亮，不過論五官，妳也不遑多讓啊。而且還不用化妝跟服裝來修飾。妳的臉比別人小一圈，眼睛卻很大，閃閃發亮。」

未來不是那種會奉承別人的類型。她嚴肅觀察的眼神令人羞恥，凜的臉頰一口氣滾燙了起來。

「妳在說什麼啦，未來，不要鬧我喔。」

「我從以前就一直覺得，妳算是未經琢磨的璞玉呢。」

凜想要多聽聽未來對她的評價，卻又好像不是真的想聽，總覺得會撬開不該打開的箱子，連忙換了個話題。

結果未來買了粉紅色與黑色相間，平常也可以穿的運動鞋，兩人接著進入四条通以自家烘焙咖啡為賣點的咖啡店。客層比兩人的年齡高了許多，中年男女零星坐在店裡。店面呈細長狀，兩人坐到最裡面可以看到中庭的景色。

「恭喜妳拿到推薦。既然有教授特地為妳美言，應該百分之百可以進去吧。」

教授為學生介紹工作，這是很敏感的話題，因此凜沒有告訴其他研究室的同學，不過不久前傳簡訊告訴未來了。

「謝謝。可是我遇到困難了。我爸媽反對。」

「咦？反對妳進那家公司？」

「不是，是反對我去東京工作。」

香草冰淇淋配上通透綠色汽水的蘇打冰淇淋看起來很美味，但以現在的季節來說太冰了。

「我說我要去東京工作，又不是要去外國定居，他們居然哭了，搞得我不知所措。這也算是京都風情嗎？」

「確實，京都出生的人想要去東京工作的，我們研究室裡也只有妳一個。」

「妳離開故鄉廣島的時候，父母沒有反對嗎？」

「有啊，說我們家有三個小孩，沒有錢。我父親先是一清二楚地告訴我，家裡沒錢供妳上大學，又在外面生活。可是我亮出獎學金制度、打工計畫、京都便宜的出租公寓資訊等等，主張我有辦法一個人在這裡生活，然後我媽漸漸理解，說：『如果妳辦得到，那就去吧。』」

「離家去外地這件事，他們有沒有說什麼？」

「這一點倒是還好。我們全家一起到京都來旅遊過幾次，都很喜歡京都，還很高興說來玩的時候可以免費住在我這裡。妳要離家這件事，妳爸媽不准嗎？」

「嗯，他們說如果想搬出去住，就找關西圈的工作。」

「妳真是個千金小姐呢。」

「妳呢？求職怎麼辦？」

「嗯……，就一般的求職。地點無所謂，坦白說，跟研究所的主修無關也行。我想要進有活力、有成就感的地方工作，盡量去各處多面試。」

每次面對求職上沒有任何限制、活得自由自在的未來，凜就忍不住拿自己比較，一想到又得跟父母溝通，她就憂鬱萬分。低頭一看，冰淇淋開始融化，白色的細線滲進綠色的蘇打水層。為什麼咖啡店總是放這麼多冰塊呢？如果拿掉冰塊，最重要的內容物，還裝得滿這細長玻璃杯的一半嗎？

回家一看，父母正在客廳迎接凜。他們表面上裝出爽朗的笑容，全身上下卻散發出準備與發飆的女兒對峙的緊張感。

「噯，坐吧。」

相對地，凜拚命隱藏不曉得父母要說什麼的恐懼，為了表達她不打算改變自己的心意，咬緊牙關，繃緊表情，在對面沙發坐了下來。

「首先，妳想要做什麼樣的工作？」

「我主要選擇食品類公司的職缺。因為我想運用研究所學到的生化專門知識。食品類的廠商都集中在東京。」

母親點點頭，從夾在腰部和沙發之間的皮包取出一疊紙張，是京都與大阪企業介紹的列印文件。

「京都附近也有不錯的公司。媽在網路上幫妳找過了。是一家滿大的公司，要考進去可能有些難度，不過如果妳有意願，挑戰看看怎麼樣？」

這次母親沒有接著說「我是不曉得啦」。是研究室的教授建議下，她自己蒐集企業資料時，也曾經找到的公司。但因為位在關西圈，她甚至沒有索取資料。從話題進展之迅速，凜發現父母有備而來，早已演練過她會如何回答，不禁發出呻吟。

「我就已經有想去的公司了，為什麼故意要我去其他企業？」

「既然是找工作，比起在哪一家公司工作，做什麼工作更重要，不是嗎？媽覺得妳想要去東京的願望太強，最重要的做什麼工作，反而沒怎麼仔細考慮過。為了想住在東京，而找那裡的工作，這樣的動機太不正當了。」

「只推薦我大阪跟京都的公司，爸媽的動機也很不正當吧？」

尷尬的沉默籠罩客廳。一語不發的父親按兵不動，還沒有要開口的樣子。

「很可能不只是做個兩、三年啊。如果進去工作，不曉得會做上幾年，也有可能跟在那裡認識的人結婚，如果對方是關東人，就會繼續住在那裡。」

「那如果我丈夫被要求調去外地的話呢？」

「那是變成一家人以後的事，沒辦法。」

「這太沒道理了。」

「凜，妳是真心想在那家食品公司工作嗎？」父親總算開口。

「那當然了，那裡可以運用我研究的知識，而且是全國每一家商店貨架都可以看到他們商品的大公司，連我自己都覺得有些匹配不上呢。」

「真的嗎？妳想要去東京，更勝於想進去那家公司吧？如果那家公司的總公司在京都，妳還會想去嗎？」

凜語塞了。這是她早就覺得萬一被點出會無法招架的弱點。在諮詢求職問題的時候，她也總是向教授要求「最好是東京的公司」。

「京都和大阪也有幾家不錯的選項啊。不管是公司規模還是工作內容，感覺都相去不遠。」

凜說不出話來，淚水直流。腦中浮現的全是些缺乏說服力的辯解。父親的想法並不能說錯，同齡的人裡面，有一些女性根本沒有出去工作，而且在京都當地，很多女生只工作一下子就辭職了，結婚後當起專職主婦的人看起來也很幸福。與其說是傳統守舊，不如說是個人生活方式的差異，因此她無法巧妙反駁，但她想要主張：總之我就是想出去工作。

「如果妳討厭這個地方，我們可以全家搬走，妳就明說了吧。」

看到流淚的凜，母親難受地說。

「什麼？」

凜一邊掉眼淚，眼見話題突然從東京和京都之爭縮小到自家，瞪圓了眼睛。

「妳小時候有段時期成天做惡夢，說妳討厭這個地方，吵著要搬家。如果妳還是不喜歡這裡，這房子也舊了，搬去別的地方買新房子也行。賣掉土地和房子，就能拿到不小的一筆錢，想要搬家，隨時都可以。」

「那只是小時候那樣想而已啊！」

居然挖出八百年前的事情來說……母親與自己的認知落差之大，令凜害怕起來，整個人都虛脫了。寧願舉家搬遷，也不願意讓凜去東京，母親想把她留在身邊的感情比想像中的更要沉重。

「為什麼你們就這麼不想離開京都？」

不管再怎麼問，得到的回答都是太遠了、那不是人住的地方、妳可能會結婚不回來，凜甚至開始懷疑起來，父母是不是一直都瞞著她，其實她有著特異體質，只要離開京都盆地，就會融化成一灘液體？或是風一吹就會瞬間變成白骨風化？是只要離開京都，某種奧澤家的魔法就會失效嗎？不，不可能。父母只是純粹地在擔心吧。真要說的話，被京都的魔法困住的是父母才對。

「噯，先冷靜點。連入社考都還沒參加，沒必要現在就吵成這樣。」父親語氣悠哉地調停說。

「沒錯，只是口頭約定，還不一定就能進去。接下來我也會依照程序參加筆試和面試。」

「就是啊，那是家大企業，凜還不曉得有沒有實力考上。」

母親不知為何得意洋洋地說，凜覺得在研究所的努力都被抹殺了，一陣氣惱。

「媽那是什麼話？說得好像我最好落榜似的！」

「媽又沒這麼想，不過妳有必要再冷靜一點想想。現在與其討論去東京，妳應該先把焦點放在考不考得上。就算教授特地替妳美言，滿腦子想著東京，浮浮躁躁，考試也考不上。」

母親說的沒錯，無法反駁。叫她認真思考入社考試，這話天經地義，不過到時就算考上了，他們會放她去東京嗎？如果不先弄清楚這一點，她就得在精神極不穩定的狀態下參加考試。

「我知道了。總之現在我會努力準備入社考。不過如果考上，接下來的人生是我自己的，要怎麼做是我的自由。」

父母顯然一下說不出話來，露出慌亂的樣子，母親在氣頭上回了一句：

「隨妳的便！」

可是媽不是連晚飯都不肯為我做了嗎！凜險些要這麼吶喊，好不容易才克制下來。這樣的反駁太幼稚了。倒不如說，我怎麼會突然想要為了晚飯的事情責怪母親呢？原來如此，母親再也不肯為我做飯，竟讓我如此受傷。即使到了這把歲數，還是擺脫不了「明明是一家人」、「明明是母親」的想法。因為自小一直理所當然地吃著母親親手煮的飯菜。反過來想，把我照顧得無微不至，一直同住在家裡的父母，聽到我突然說要搬出去，會有多麼難受、驚慌？「我都已經是大人了」，這樣的反駁一定毫無意義。因為親子的關係，是成立在與年齡無關的軸線上吧。

凜沒有回話，衝出客廳。除了憤恨，不安亦同時湧上心頭。即使教授幫忙說項，如果自己完全沒達到企業的徵人標準，無疑一定會收到「很遺憾無法錄取妳」的回覆。搬去東京的事也是，雖然不奢望父母會支持，卻也沒想到他們還讓她對入社考試萌生多餘的不安。每次凜說「我是真心想要做什麼」，父親雖然會埋怨「凜就是這麼頑固」，但最後總是會支持她；然而這次父親雖然比母親更為寡言，但顯然直到最後都不會站在她這方，這也令她深受打擊。

凜在洗手台洗臉，用毛巾擦乾臉時，發現鏡中倒映出不知何時起就站在身後的父親身影。

「三個人一起談，妳跟妳媽都會忍不住激動。所以爸想趁現在問個清楚，因為我怎麼樣都不明白，為什麼妳就這麼想去東京？」

確實，凜也覺得三個人討論，就會變得像在對嗆，戰火比預想中更迅速地引爆開來。和父親兩個人單獨談談或許不錯。不過這裡是盥洗室，旁邊的洗衣機正在運轉，水流攪拌的聲音充塞四下。因為母親不在，就直接在這種地方談起重要的事情，真的很像父親的作風。

「當然，最大的理由是我想要進去的企業據點集中在關東圈。可是，是啊，如果還有別的理由……怎麼說，我覺得如果錯過這次機會，這輩子就再也沒辦法離開京都了，這讓我覺得窒息。不是我認為家人不准，所以出不去。我非常喜歡這個群山環繞，景色優美的地方，卻也覺得有一股力量不斷地向內推擠，以溫柔的屏障緊緊包覆著盆地裡的居民。」

凜本來以為父親會說「不要說些莫名其妙的話」，但父親沒有特別驚訝的樣子，點了點頭說：

「妳是被京都的歷史壓得喘不過氣了嗎？我們家這一帶的土地，在漫長的歲月裡真的發生過非常多事，而且妳從小就比妳兩個姊姊更敏感。確實，京都說好聽是保護著這裡的人，說難聽就是把人給圈在這裡頭。」

父親好似理所當然地理解她的話，並且回應，這個事實令凜難掩驚訝。明明父女倆從來沒有談過這類話題。她說的是抽象到連自己都沒有自信能夠完整表達的感受，如此看來，內心所想已經確實地傳達給父親了。

「東京——當然其他任何一個縣也是，只要搭上電車或新幹線，一下子就可以去了。又不是路被封住，不管是要旅行還是搬家，只要想做，隨時都可以。可是即使能去其他地方旅行，一旦決定要真正離開，我卻覺得沒辦法輕易跨出去。即使想要離開，也有一股看不見的力量溫柔地把你推回來。或是即使暫時離開了，也會有一股奇妙而溫柔的風從京都吹來，說著『差不多該回來囉』，赫然回神的時候，人又回到京都了，我有這種預感。」

「的確，妳爸長年住在京都，有時候也會感覺到這裡獨特的力量。出差去別的地方，回到這裡的時候，總會覺得莫名清爽。理由不只是因為回到自己的故鄉，鬆了一口氣而已，而是有種全身都被京都的風洗滌的感覺。爸沒有看過鬼，也不懂宗教、靈異那類事物，雖然我不是很清楚，不過不是都說京都從平安京的時代開始，東西南北就各有守護神在守護嗎？雖然我不是認為真的有那種神在守護著京都，不過也明白古人想要表達的意思。那應該是先人想出來的一種巧妙的『比喻』。硬要說的話，是有類似那種神的東西在守護著京都。歷史上是說，平安京建都的時候參考了風水，所以這塊土地有了力量，不過爸覺得其實相反，是這塊土地的地形原本就容易生出力量，恰好和風水之說相吻合吧。確實，住在這裡感覺得到超越人力的事物。」

「我沒有看過鬼，倒是常做奇怪的惡夢。」

「爸也從來沒做過怪夢。我說的不是鬼，而是根植在這塊土地上的東西。有一種叫『地縛靈』的鬼，不過瀰漫在京都的，是『地縛』這東西。」

「爸理解我的意思，太好了。現在有了一個類似破洞的缺口，感覺可以勉強從那裡逃出去，不過我知道那個缺口一定會一年比一年更小，不快點跳出去，它就會完全闔攏，消失得無影無蹤，甚至看不出原本有洞，然後永遠被封閉在裡頭。」

凜的語氣愈來愈激動，父親的表情卻相對地愈來愈憂愁。

「妳的心情爸不是不明白，但還是沒辦法舉雙手贊成。就算妳現在覺得非離開不可，但是爸覺得再等個一陣子，妳就能接納這塊土地的各種面相了。年齡應該有很大的影響。到時候妳就能接納這裡，而且是正面意義的接納。就不能等到那時候嗎？」

「不行。我覺得如果等到那時候，我內在有一塊很重要的地方就會死去。」

聽到凜的話，父親也沒有變臉，而是點了點頭，就像早就明白凜不可能領悟他的想法。

「嗳，沒辦法。這個問題上，很難一下子就理解彼此的想法。今天說了很多，大家都累了。差不多先去睡了吧。」

好，凜這麼回答，但情緒依舊亢奮，時間也還早，感覺實在睡不著。她在房間平靜了一下心情後，敲了敲綾香的房門。遇上煩惱的時候，她總是會找兩個姊姊談心。

看見凜低著頭走進房間，綾香嚴正以待。她已經知道凜和父母為了畢業出路的事起爭執。

「姊怎麼想？妳也覺得我的說法很奇怪嗎？」

「唔，我是有點疑問……為什麼妳會這麼想要出去工作？我本來以為妳會就這樣繼續攻讀博士。」

原以為工作了很久的姊姊會理解自己，凜的眼眶一下子盈滿了淚水。

「我不是在責怪妳啊，凜。只是純粹好奇，妳是從什麼時候改變了想法？有關東京的事也是，妳怎麼會變得這麼想去那裡？我從來沒聽說過妳嚮往東京，而且妳在京都這裡，也經常去許多地方走走玩玩，過得很快樂，不是嗎？」

「我覺得最難過的，是大家以為我是討厭京都，才說要離開的。」

凜的聲音開始顫抖，綾香急忙補了句：

「我沒有這麼想，只是純粹想知道理由。妳真的很嚮往東京嗎？」

「嚮往是有，但理由不只是這樣。」

凜想要把剛才告訴父親的話再說一次，卻害怕萬一姊姊無法理解，那該怎麼辦？

「我不是很明白，不過那一定不是可以用口頭說明，就能傳達的理由吧。夢想是沒有理由的，只有想要變成什麼樣子的堅定意志。姊覺得妳有個想要像這樣努力實現的目標，真的很棒。爸跟媽也是，他們一定說了很多反對的理由，不過其實真心話只是擔心妳、怕寂寞，只是這樣而已。」

綾香一直握在手裡的手機響了，她看到螢幕顯示的名字，彈起來似地從椅子上站了起來，留下一句「我接一下電話」，匆匆走出房間。一定是宮尾打來的電話。這陣子晚上八點左右，綾香經常接到電話。不管是正在吃飯、和家人聊天、或是正在看喜歡的電視劇，只要電話一響，綾香一定會立刻接聽。然後走到沒有人的走廊或自己的房間，開始和對方低聲說話。

第一次約會時，綾香看起來對對方毫無興趣，現在變化居然這麼大，令凜驚訝不已，但是聽到兩人還沒有開始交往，她更是驚訝了。兩人似乎小心謹慎地摸索著對方的心情，但就連對戀愛生疏的凜，看到宮尾頻繁的來電，和綾香一下子就臉紅的態度，也能明白他們是兩情相悅。兩人都好一把年紀了，應該可以快快進入下一個階段了，綾香卻一點都不著急，說：「等到更了解彼此再說……」全家到齊的餐桌上，聊起宮尾的話題時，綾香開心地說：「宮尾先生目前沒有要調職的樣子，這真的很幸運。」父母也笑著深深點頭說：「那真的很好。」讓當時準備最近就要宣布她想去東京的凜胸口難受極了。

有一次，綾香一臉悲愴地向凜吐露想結婚，但總感覺結不了婚的苦惱，凜全力鼓勵她說：「姊一定可以的，而且妳還不到需要焦急的年紀嘛。不必勉強找對象，姊的工作很穩定，妳又這麼有魅力，沒必要焦急吧？」綾香嘆了一口氣說：「妳還年輕，不懂我現在的心情。」凜沒有反駁，但內心想著「大概跟年紀無關。不管長到幾歲，我一定都無法體會姊的心情」。不只是綾香，即使和身邊其他同齡女生相比，凜也經常覺得自己的體內時鐘速度和她們天差地遠。

離開綾香的房間，前往羽依的房間一看，羽依正在床上用按摩滾輪按摩小腿。凜開始傾訴心事，羽依似乎已經知道詳情了。

「妳在京都沒有男人嗎？」

「才沒有。連前男友都沒有。」

羽依什麼也沒說，但微微睜大的眼睛難掩驚訝。羽依男朋友的事，凜聽到都快爛了，但她從來不曾分享自己的戀愛經驗，羽依也從未深入追問，所以她也不知道妹妹究竟是單討厭戀愛的話題，或只因為沒有男性經驗。現在終於得知真相，羽依目不轉睛地端詳妹妹：

「凜，妳對男人沒興趣嗎？」

「也不是啊。」

「有人追妳吧？」

「也沒有啊。我從以前就幾乎只有同性朋友，而且跟男生很少有私交啊。我跟研究室的男生是滿常聊天的，不過都是聊研究的事，從來不聊私事。」

「男生？妳當自己還是國中生嗎？妳主動去追啊。找到自己跟感興趣的男人之間的關聯，發展成可以笑著聊天、交換聯絡方式的關係怎麼樣？」

「我現在又沒有感興趣的男人。」

「妳就是跟男人接觸太少，才會不知道哪種男人好吧。」

「怎樣的男人才好？」

「工作表現正常，跟身邊的人相處愉快，這些人生的基礎穩固，然後個性沒有致命的偏差或扭曲的傢伙。符合這些基本，是最重要的條件，然後再加上自己的喜好來挑選，千萬不可以光依喜好來挑。然後，還需要冷靜的目光。這是跟形形色色的男人交往過的我最大的心得。」

「光依喜好來挑選，就會像妳那樣碰上花花公子上司嗎？」

「對對對，那真是一場失敗，雖然從第一印象的眼神就隱約察覺他是地雷了，卻覺得那種危險很吸引人，自己倒貼上去。如果跟魅力十足，但本質上哪裡怪怪的人交往，最後吃虧的會是自己。」

羽依也許是想起了前原，蹙起眉頭，將細長美麗的雙腳交疊起來。

「其他的細節，像是喜孜孜地談論比自己差的人，這種男人要小心。這有可能反映出他的自卑，很可能是一個不思進取的傢伙。會賭博的人談論輸得比自己更慘的人、懶得工作的人談論比自己更懶的人、在公司爬不上去的人談論比自己更沒出息的同事，這種沒有上進心、個性差、看著比自己差的人來獲取安心的傢伙最糟糕。批評誰都會，付諸實行最困難，都一把年紀了還沒辦法體悟這一點的男人，不可能出人頭地。」

羽依談論男人時，那種鄙俗而神氣的眼神，還有略微仰起的下巴，大部分的人看了一定都會不太舒服，但凜反倒是深為著迷。京都文化特別重視避免招搖，但姊姊從來不客氣，總大肆炫耀自己的特質（主要是容貌），這樣的作風甚至讓凜覺得大快人心。在學校和公司等封閉的小社會裡，即使遭人厭惡，仍不拒絕上學或辭職，每天照樣上學上班，需要莫大的毅力。像自己就對京都這塊土地醞釀出來的無形壓力過於恐懼、委屈求全，而感到窒息，明明是深愛的土地，卻想要逃離這裡，矛盾不已。相反地，羽依深深扎根於京都的程度令人咋舌。她會適度地咒罵宣洩，對於永遠留在故鄉毫不抗拒。

明明是來商討畢業出路的，一回神，發現自己在聆聽羽依傳授分辨好男人的技巧。雖然內心苦笑這實在是羽依典型作風，心情卻也輕鬆了許多。羽依豁達大度的明朗，讓鑽進死胡同的凜稍微開朗了起來。如果有一天我和誰交往，對方會符合羽依訂下的好男人標準嗎？總有一種會挑到完全不同類型的人的預感。希望可以找到羽依也能認同的對象。不過未來的男友形象實在是過於模糊遙遠，現在的她只能關注自己的前途。

早晨，凜被修行僧的渾厚唱頌聲音給吵醒了。禪宗的僧侶以一定的間隔排成隊伍，以丹田發聲法發出介於「呵」與「嗚」之間難以形容的聲響，響徹整個街道，即使將窗戶緊閉，那聲音照樣會鑽進房間裡。狗兒可能被嚇到了，跟著叫了起來，唱和似地嗥叫著，相當有趣。

凜都用這群被稱為「雲水」的修行僧的聲音當鬧鐘，托鉢的日子比平常更早起。即使想睡回籠覺，每當僧侶經過家門前的巷子，聲音便朗朗響起，而且是一個接著一個，根本無法入睡。以前她會用枕頭摀住耳朵，設法再睡，但最近已經放棄抵抗了。同時重新細聽那聲音，便不覺得是噪音，反而被那莊嚴的聲調給吸引。托鉢僧清澄的聲音在山間迴響，讓早晨的空氣益發潔淨。

凜離家前往就住在附近的祖母家，不出所料，祖母手中捏著口金包站在門口。

祖母有布施的習慣，今天也送錢給托鉢僧；戴著網代笠的和尚深深地向祖母行禮，以頭陀袋接過錢，祖母雙手合掌，向和尚行禮。

比起擁有許多和服、家境似乎很富裕的外公外婆，凜私心更喜歡祖父祖母。祖父祖母內斂而不多加干涉奧澤家，但每次去玩總是不著痕跡地寵她，端出受潮的糕點招待。現在，外公外婆和祖父都已經過世，在世的只剩下祖母。

「奶奶，早安。」

「啊，小凜，早安。」

奶奶還能記住我的名字多久？這麼一想，胸口便一陣揪緊。祖母兩年前騎自行車摔倒傷了腳之後，大半時間都待在家裡不出門，從此就變得不太有精神，神情空洞。父親對祖母的變化一點都不驚訝，說奶奶已經快九十了，能一個人在家自理生活，已經是奇蹟了，凜即使理智上明白，心中卻仍覺得奶奶永遠都是以前的奶奶，因此其實內心大受打擊。搬去遠地的堂兄妹去年來探望祖母時，祖母已經想不起來他們叫什麼名字，甚至認不出他們是自己的孫子，所以凜三不五時就會去祖母家看看，希望奶奶最起碼別忘了自己。

儘管距離差不多近，但是和外婆家比起來，與祖母的往來卻是少到幾乎無法比較。但是別說祖母自己了，連父母都對這件事完全不覺得有什麼奇怪，也沒有意識到的樣子，即使每年來拜訪家裡的只有外公外婆，也從未為這件事起爭執。「這到底是為什麼？」三姊妹興起單純的疑問，也問過父母，得到的回答是「妳們祖母喜歡獨處」。

確實，祖母雖然不到厭人的地步，但總是雲淡風輕，即使三姊妹偶爾去玩，她也不會熱烈地笑，而是淡淡地迎接，因此孩子們接受了父母的說法，漸漸地疏遠祖母家，只有父親每兩週會回老家一次，看看祖母的生活起居。不過三個孩子裡面只有凜，雖然有段時期像兩個姊姊那樣對祖母失去興趣，上了高中以後，她又開始拜訪祖母家，希望能再次恢復交流。

確實，光是屋子大小就不一樣，外婆家是有庭院的獨棟豪華平房（現在已經拆掉了），而且外公外婆總是盛情款待，對孫女們疼愛有加，每次去玩都叫壽司外送，還給她們零用錢；相較之下，祖母家實在缺乏吸引力，門面狹窄而內部深長的簡樸房屋採光不佳，溼氣總是很重，但久久來訪一次的孫女和兒子兒媳回去時，祖母一定都會靜靜地站在門口目送，直到再也看不見人影，凜忘不了祖母那樣的身影。

凜隱約知道，祖母雖然刻意不和他們密切交流，但絕對不是不喜歡他們。父親不動聲色但定期回老家探望，也是讓凜這麼認定的原因之一。凜察覺若是在白天或傍晚拜訪，祖母總是會心神不寧的樣子，因此便改成早上拜訪。

如果去了東京，就再也無法時常探望奶奶了。

「要進來嗎？」

「不，這裡就好。奶奶，我可能會去東京工作。如果考上那家公司，我會一個人搬去東京工作。沒辦法經常來看妳，這很讓人難過，不過盂蘭盆連假和過年的時候，我一定會回來看妳。」

祖母用看不出是否理解的平淡表情點了幾下頭，沒有特別說什麼。麻雀的叫聲在家門前的馬路響著。

「對了，小凜，妳等一下。」

祖母折回屋內，手中握著神祕的無尾熊吉祥娃娃走了出來。

「上次報社給我的，送給妳。」

是很久以前流行的小無尾熊娃娃夾，實在不像是最近才收到的東西。無尾熊的手腳剛好可以夾在人的手指上，指頭前端的五根黑爪子又尖又小，十分可愛。記得這不是澳洲的代表伴手禮嗎？怎麼會是報社給的呢？無尾熊身上並沒有蒙著陳年積塵，毛皮也像是新的，似乎就像祖母說的，是最近不久才收到的東西。

「謝謝，我會好好珍惜。」

祖母點點頭，進入家中，反倒是凜好半晌動彈不得，被留在馬路上。她把從時空破洞穿越而來的無尾熊夾到食指上，不經意地抬頭一看，發現祖母家的牆上貼著不認識的政黨海報。一定是被貼海報的人遊說，祖母糊里糊塗答應讓他們貼的。簡直是欺負老人家，明明根本就不會為老人著想！凜強烈地想要將海報一把撕下，但她沒有這個權限。她用另一隻手撫摸著緊抱在手指上的無尾熊渾圓的背，垮著肩膀返回自家。

一度萌生的這股情緒，再也不可能忽視了。我要衝破籠罩在大氣的薄膜，衝出外頭。不是為了得到，而是為了失去。即使腳印才剛踩下就消失也無妨，我的氣味無法殘留在任何一處也無所謂，我想要抹去自己的存在。我想要以異於死亡的形式，就像被吹氣的燭火般消失無蹤。

凜衝出家門，跳上自行車，懷抱著破碎的心，漫無目的地直衝出去。經過千本通、北大路車站，看見鴨川和北大路橋。她原本打算就這樣直接騎過去，但晚秋轉紅的群山實在太美，凜在橋的正中央停下自行車，喘著氣憑靠在欄杆上，望著連綿的群山。山巒以複雜的色彩紡織出紅葉的錦緞，只向不經意放眼遠眺的人展示它的美。望著那鬆軟飽滿、看起來教人垂涎欲滴的山景，凜的胸口揪緊了。

多精巧的都市啊！被低矮群山圍繞的我的京都，就好像以手掌輕輕掬起，漂浮在河上的它。被古老的歷史層層捆綁的這塊土地，時光看似流動，實則文風不動。

儘管知道山的另一頭還有遼闊的日本，但只要留在這塊土地，便無法體會。冰冷的秋風刺激了凜溼潤的眼睛。我深愛著這裡，但總有一天非離開不可。除非確信在山的另一頭也能找到自己的世界，否則我遲早會窒息。凜目不轉睛地望著以細長的單腳佇立在鴨川冰冷河水中的白鷺，潸然淚下。

不是好惡的問題，只是啟程的時候到了。這是她一個人的問題。

牽著自行車回家的凜，腳步沉重。都來到家附近了，卻怎麼樣都無法直接跨入家門，因此她又騎著自行車去附近看紅葉。是旅遊書很少介紹、也難得有觀光客來訪的祕密賞楓地點。那裡位在有著劇烈高低差的地點，與寺院神社及觀光地的紅葉大異其趣。下坡道陡急到必須留心腳步，放眼放去，底下是一片楓紅。由於尚未觀光地化，未曾細心修剪的野性紅葉豪邁地伸展枝條，像雪花一樣飄然落葉。自葉間灑落的陽光熱烈得教人直冒汗，但與夏季豔陽不同，大白天便閃爍著金黃色的光輝。四下只有鳥叫聲和凜踩過枯葉的腳步聲。

對於楓葉，一般人都只注意到它鮮紅的色澤，但最具特徵的還是形狀。有人將楓葉形容為嬰兒的手掌，但它美麗的葉稍尖得纖細，美得就像花瓣一般，沒有半點柔軟的印象。很像心中某種感情的形狀。疼痛、憧憬、欽羨。撿起一片，擱上掌心，楓葉好似要化入皮膚。凝縮的紅變得小小的，沁入眼中。

「羽、依、小、姐。」

羽依半蹲在自動販賣機前，仰望聲音傳來的方向，看見前原一臉放肆的笑，正俯視著她。前原佯裝沒在耍帥，其實連手上剛買的罐裝咖啡品牌都經過算計。雖然是故作自然、假裝率性的普通站姿，但他會趁著羽依彎身的瞬間向她搭訕，也許是想要處於優勢，先發制人，又或是想要讓自己顯得更高大。羽依立刻擺出備戰姿態。前原明明之前都叫她「羽依」，現在卻回到最早的客套叫法，從這裡也可以看出他的自尊心隱隱作祟。

「最近怎樣啊？」

如果是京都人，不會說「怎樣啊」，應該會說「怎麼樣」吧？羽依瞬間垂下目光，好隱藏內心的不耐煩。前原為了塑造出世故而有點壞男人的形象，混合使用關西藝人在電視上講的大阪腔和京都腔。對話間像在觀察對方反應的一點停頓、看似酷帥的乾笑、對傻氣的人毫不留情的吐槽等等，完全是在模仿某個主持綜藝節目的前搞笑藝人。長得帥、機智聰明、口才便給，引人注目的男人多半是這種類型，若是平常，羽依也不會放在心上；但因為曾經上過前原的當，每次她都會想起呆呆上鉤的自己，覺得丟臉極了。而且從前原這副態度來看，他內心的羽依，仍然是半年前為他仰慕傾心的那個羽依，還沒有更新成最新版。

「很好啊。」

羽依起身微笑，沒有多問「那前原先生怎麼樣」，就要離去。然而前原微妙地擋住羽依的去路，不肯移開。

「怎麼，好久沒聊聊，何必這麼急著走？這麼說來，公司那些大姊頭社員好像叫妳『竊聽狂』，這是怎麼回事？」

原來那些傢伙背地裡這麼叫我？看來錄音筆的嚇唬還真管用。

「我怎麼知道呢？我跟那些人只有表面上的交往。」

「我也討厭死她們了。那群無聊女子，成天只知道說別人的八卦。在這方面，妳明明還年輕，卻是一匹狼，帥呆了。跟我很像。」

真敢說，明明最擅長在公司裡結黨營私、散播風聲，腦子裡比起工作，更只想著要如何掌控人際關係。

「妳剛才酸人的樣子也好帥。妳真的很適合破口大罵呢。比起在人前軟弱得連意見都不敢說，背地裡卻滿口別人壞話的其他女員工，妳更要坦率多了，我欣賞。」

明知道這個男人對於想要吸引注意的對象，油腔滑調是拿手絕活，但是聽到前原的這番奉承，羽依還是忍不住笑了出來，內心的防備也稍微鬆懈了。在關西，男人的口才在男女關係中是非常有利的武器。雖然想罵「又在那裡耍嘴皮子」，但只要口才夠好，女方也會忍俊不禁，關西有著這種理所當然般的風氣。

「還有啊，聽說妳跟梅川在交往？」

光聽聲音，似乎說得輕描淡寫，但羽依眼尖地看出，儘管臉上戴著笑容面具，但說出「梅川」兩個字時，前原整張臉上還是薄薄地罩上了一層難以掩飾的扭曲憤怒。同時她也發現了，雖然這裡不怕被別人看見，但前原向來把在公司的形象看得比什麼都重要，為什麼他會冒著危險來向她攀談？看來女員工之間流傳的「羽依被前原睡過一次就甩了」的流言，就是這傢伙自己散播出去的。

「妳的品味也太奇特了，居然會跟傻大個梅川交往？怎麼啦？說點什麼啊？咦？難道這傳聞是假的？」

也許是把羽依微笑的沉默當成了動搖，前原恢復老神在在的神色，悠哉地問著。

「誰知道呢？嗯，在公司不是沒必要聊私事嗎？我還有工作，恕我先失陪了。」

這要是別的男人，羽依早就不顧旁人的眼光，賞他一句：「干你屁事！」但前原也是梅川的上司，雖然教人氣憤，但他在公司有著莫大的影響力，所以不能隨便觸怒。羽依向前原行了個禮，穿過他旁邊。

「是喔，到處對男人阿諛諂媚，還有心思工作喔？」

又對著我背後說壞話。羽依克制不了衝動，額冒青筋，笑著回頭說：

「我總是專心一意地愛著一個人，所以早就把你忘得一乾二淨了。過氣的人就閉嘴吧！」

羽依盡情地欣賞前原的面具剝落、曝露出過高自尊心的猙獰表情，再次轉身走了出去。

慘了。破口大罵的爽快，也只有當下那一瞬間。恢復理智之後，她開始害怕起對方的報復。特別是戀愛糾紛，有時雖然必須明確地說出口，但還是得慎重行事，若對象是前原，應該最好是如履薄冰、戰戰兢兢。如果是在沒有和任何人交往的狀態下分手，或許狠狠地說他幾句也無妨；但從前原的口氣來看，他似乎認為羽依還是他的女友，卻跑去和梅川交往，也就是羽依劈腿。羽依不再聯絡前原，而前原也沒有聯絡羽依，所以羽依認為兩人的情侶關係自然消滅了，但他們確實從來沒有明確地談過分手。在有新歡的狀態下，用一百八十度異於從前的態度面對前原，很有可能會對他火上加油。而且前原不止散播流言，現在還做出近似騷擾的言行，接下來很有可能變本加厲。

前原最後流露的眼神，羽依以前也看過許多次，是認定屬於自己的女人突然離去，此時才開始執著起來的危險男人的眼神，最棘手的那一種。而前原也熟悉梅川這個人，他可能覺得：「憑什麼比我低等的傢伙可以跟我沒能占有的女人交往？」

哎，煩惱這麼多也沒用，羽依用冰冷的指尖敲打鍵盤，試著專注在電腦螢幕上，但前原最後的表情頻頻在眼前閃爍，甩都甩不掉。再怎麼說，前原也是個花花公子，不斷地有不同的女人對他投懷送抱，應該不會在公司裡幹出嫉妒報復這種難看的事，所以對我和梅川的恨意應該不會長久吧。而且如果是我狠狠地甩了他，才搞成這種局面，他的心情也不是不能理解，但互不聯絡，雙方都有錯；開始和梅川交往前，前原對我的態度早就說明兩人已不是情侶了。

完全無法專心工作。羽依反覆揣測前原究竟會有多陰險，之前在約會中聊上好幾個小時，天真無邪地彼此微笑，手牽著手，還在夜晚的行道樹下接吻，這樣的前原，愈想愈像頭無法捉摸的怪獸。

與梅川的交往很順利，兩人都會在下班後或休假找時間碰面。

雖然早已從同事順利轉移為男女朋友，但梅川還是在自己的房間鄭重其事地向她要求「請和我交往」，這也令人開心。即使沒時間出門，光是一起吃飯就很愉快，不管自己說什麼，梅川都開心地聆聽，這樣的包容力完全融化了羽依的心，兩人聊天的時候，羽依會展現出孩子氣的笑容。

假日兩人碰面時，梅川儘管不是時髦的人，卻絕對不忘豎起馬球衫的領子來赴約。明明脖子會被遮住，顯得很短，只有扣分而已，但也許在他心目中，這算是時尚加分小技巧，所以一定都把領子豎起來。也許這並不是什麼時尚，只是平日穿西裝打領帶，對安分服貼的襯衫領子積鬱太深，所以不過是假日時想要展現一下自由狂野的本性而已。這要是被前原看到，肯定會惹他失笑：「有夠俗。」前原總是意識著他人的目光，低調地時髦打扮，年過三十仍注重外表清潔。坦白說，這要是以前，羽依也會倒胃口地想：「幹麼把領子豎起來啊？」還有，梅川雖然是不會，但比方說假設他永遠穿尖頭皮鞋，羽依也一定會在內心嘲笑：「幹麼老是穿這種鞋？

是鞋頭塞了什麼東西嗎？自以為男人的帥氣嗎？」但是現在，不論約會對象的領子豎得像城牆，還是鞋頭尖得刺人，她都毫不在乎。「反正領子或鞋頭又不會變成迴力鏢飛過來扎我。」若是雞蛋裡挑骨頭地將這些批評為「俗」、「幻滅」，或許會熄愛意，但其實真的只是無關緊要的小事。跟吵架的時候連珠炮似地滿口貶低辱罵，非把對方的心割碎不可的男人相比，這真的小兒科太多了。

為何以前我從來不肯去正視一個人的本質，老是注意一些旁枝末節，評斷對方呢？與前原的交往過程中一點好事也沒有，不過讓她醒悟到這一點，是唯一的收穫。

羽依無法將前原的事告訴梅川，只能自己處理。如果提起前原的事，就必須說明兩人之前的交往，當然梅川應該已經從公司裡的流言得知了，不過難得兩人氣氛這麼好，她可不想哪壺不開提哪壺。

前原開始在下班後的私人時間三不五時打電話給羽依，三通電話裡面，羽依大概會不情願地接上一通。一旦接起，前原便會輕快地說個不停，遲遲不肯掛斷。

「不好意思，我差不多要去洗澡了。」

「等一下，先不要掛。我想把我要說的話講清楚。我們之前實在太缺乏溝通了對吧？我也反省過了。」

前原拖拖拉拉地延長對話，最後羽依還跟著他的玩笑一起笑，緊接著赫然驚覺：這種氣氛，豈不是像漫長的冷戰之後復合的情侶嗎？

彷彿兩人還在交往般的電話後來也持續不斷。不管羽依多少次說她不打算復合，前原也平靜地說「我知道」，卻還是繼續邀約道：「羽依，妳說過妳想去那個地方對吧？我們這個月一起去吧？」羽依說「我怎麼可能跟你去」，他便笑道「說的也是」，絲毫不氣餒。前原那種對牛彈琴的反應，開始讓羽依覺得毛骨悚然，再也不接他的電話了。

沒辦法像在置物間與女前輩對峙時那樣強勢，是因為她明白前原這個人一旦為敵，非常可怕。前原有點小聰明，執著又深得像無底洞。從他的對手和看不順眼的部下接連辭職的公司傳說，就可以預料到若是被他懷恨在心，弄個不好，會被他明裡暗裡騷擾上好幾年，直到羽依舉手投降，辭職為止。目前梅川還沒有受到明顯的刁難，不僅如此，上次梅川還說他們的交情比之前更好了。

如果前原散播難聽的謠言，有可能連帶影響到姊姊與宮尾的交往。綾香對第一次約會的感想雖然含糊不清，語帶保留，但後來似乎順利繼續和宮尾碰面。姊姊原本只在職場和家中往返，除了偶爾和女性朋友外出或一個人上街以外，從來不會出門，但現在早上出門總會刻意打扮一番，晚上九點多才回家，對妹妹羽依來說，也是令人開心的變化。她絕不想妨礙姊姊的戀情。

知道羽依不接電話，前原開始在公司稍遠處埋伏下班後的她。

看見前原說著「晚安」，跟在一旁走來，羽依真的驚訝到人都傻了。

「你這個人真的很極端呢。交往的時候，明明連假日都不肯聯絡我。」

「不是，我是在等妳的回音，所以才不敢聯絡。我這個人意外地軟弱的。人家討厭你，你還打電話，只會碰一鼻子灰不是嗎？」

態度異於平常。活潑明亮的氣質消失，眼神陰沉混濁，深處閃爍著怒火。羽依為了不被對方的迫力壓倒，冷哼一聲說：

「自己把人甩到一邊，跟別的女人打情罵俏，可別把自己說得這麼好聽。」

說這種話，又要被解釋成我是在嫉妒了——羽依戒備著，但前原依舊陰氣沉沉：

「就是因為妳想要離開我，我也只能設法引起妳的注意了啊。」

聽到那近似真心、不顧一切的低沉嗓音，羽依被打動了。真要這麼說的話，我之前也有同樣的想法不是嗎？想要對方關注自己，卻因為意氣用事，反而誤會了彼此嗎？羽依瞬間心軟了起來，但冷靜想想，還是很可疑。她覺得前原對她從一開始就沒有真情，只打算等玩膩了就換別的女人，沒想到女方先甩了他琵琶別抱，讓他太不甘心，這才執著起來。畢竟和前原交往的時候，她從來沒有感受到半點像和梅川在一起時的安心。

羽依懇求前原說：「就算你繼續糾纏不清，也不會有結果，拜託你住手吧！」

結果前原堅持說：「那最後一次就好，給我一個正式談談的機會。」

「妳不是來過我家一次？還記得怎麼走吧？妳再過來一次吧。啊，妳該不會以為我想對妳怎麼樣吧？如果擔心，妳可以用膠帶捆住我的手再開始談。」

總是要走到這一步的，羽依不情願地同意了。羽依本身也想避免在別人會看到的地方碰面。如果被公司的人，或偏偏那麼倒楣，被梅川目擊到她和前原單獨碰面，由於她之前和前原交往，有可能會被誤解成腳踏兩條船，所以不能在咖啡廳等地方碰面。京都很小，任何地方都有可能遇到熟人。確實，她去過前原在蹴上的住處一次，那裡離公司和市中心都有段距離，很容易避人耳目。那次兩人吃著外送披薩，氣氛良好地聊了一整個下午，但沒有什麼發展，羽依就回家了。當時羽依全心全意愛慕著前原，還焦急地期待起碼也該接吻一下，但感覺這次拜訪，心情會是完全相反。

「那，星期日白天怎麼樣？我應該不能坐太久。」

「好啊，就這麼決定。午飯怎麼辦？」

「我吃過再去。」

「了解。我很期待。」

前原鬆了一口氣，笑逐顏開，奪目的男性魅力像霧氣一樣噴發而出，雖然教人不甘心，但羽依瞬間禁不住情迷意亂。以前的羽依好愛他的笑容，但現在她已經知道前原對自己的男性魅力深具信心，因此他的迷幻術對她的效果也減少了一半以上。就和有些女人熟知自己的誘惑力一樣，也有些男人對自己的魔法心知肚明，刻意演出。他們藉此得手的利益愈大，就愈會得意地磨鍊這項技巧。

「不管談得怎麼樣，只要能聽到妳的真心話，我都會很開心，妳不用客氣，好好說清楚。」

我應該已經明確地說過你很煩了……羽依滿心苦澀，但前原也是她的上司，所以或許自己在不知不覺間，態度變得過於委婉也說不定。她這麼想，應了聲「好」。

隨著約好的日子接近，憂鬱愈來愈深，對前原的怒意也增加了。總有一天我要以部屬的身分去參加他的葬禮！羽依在前往前原家的電車上下定決心：一定要用橄欖油塗抹他的牌位，搞得油油亮亮！把燒香[16]的葉子掉包成深蒸綠茶，讓整個靈堂滿是茶味！棺材臉上的小對開門用麥克筆塗鴉你生前的臉！放鮮花入棺的時候，把廚房計時器一起放進去，設定在出棺的時間嗶嗶嗶作響！

車內廣播通知抵達離前原家最近的蹴上站，羽依嘆著氣，站了起來。

「我不打算爭論我們是不是已經分手了。這半年來，我們私下完全沒見面——儘管在公司每天碰面，彼此也都住在同一個市內。這種關係，有誰會認為是在交往？任誰來看，都是早已自然消滅了。」

興沖沖地在家等候的前原，準備了酒水和各式下酒菜，在打掃得乾乾淨淨的房間迎接羽依，但羽依沒有迎合他的興致，以生疏冰冷的態度，劈頭就說出想說的話。

「對我來說，是不自然消滅。因為妳看起來在生氣，我很煩惱該怎麼跟妳說，結果時間就這樣過去了。我也是有諸多顧慮的，因為我不只是妳的男朋友，還是上司，我覺得如果我害妳在職場上礙手礙腳，那妳就太可憐了。大家一起去滋賀烤肉的時候，妳的態度就很奇怪。難道是因為我跟關說話，所以妳才生氣？我不知道公司的人怎麼說，可是我跟她真的什麼都沒有。」

關是誰？羽依一時想不起來，沉默了一下。哦，琵琶湖那個被抓來挑起嫉妒的女人，最近用「必須到父母開的咖啡廳幫忙」這種莫名其妙理由辭職的女員工。

「不對，烤肉之前，我對你就已經沒有感情了。因為我一答應要跟你交往，你就變得好難聯絡，我說假日想要見面，你也支吾閃躲，一點興趣都沒有。我一直覺得那根本不叫做交往。」

「那是我不好。妳變成我的女朋友後，我總覺得放下心來，只顧著把之前想妳時堆積如山的工作先處理掉。剛開始交往，照理說應該要甜甜蜜蜜的時期害妳寂寞

---

16 日本佛教葬禮中，一般以抹香進行燒香，捏起一小撮抹香，灑在香爐上焚燒。抹香以前使用沈香，現在多使用乾燥磨碎的日本莽草樹皮或葉子。

了，真的很對不起。」

真了不起的唬爛王。明明成功交往，得到成就感的瞬間就厭倦了，主動疏遠，卻把事實扭曲成對自己有利的樣貌。如果自己還愛著前原，就連這種假惺惺的藉口，也會昏頭昏腦地聽信了嗎？

「不必向我道歉。已經是過去的事了。」

前原繼續辯解，也愈喝愈多，但羽依只喝自己帶來的無酒精飲料，對他的話也是聽聽就算了。她想說的已經說了，再待下去也是浪費時間。前原注意到羽依冷漠的態度，露出咬牙切齒的表情，羽依感到滿意，站了起來。

「我要回去了。明天公司見。」

「喂，事情還沒有講完。」

「已經說完了。前原先生應該談過許多戀愛，其實也明白這種時候不管說得再多都沒有用吧？」

前原冷不妨一把抓起羽依放在桌上的手機，利用他的身高，伸長了手臂將手機放到羽依跳起來也搆不著的窗簾桿上。羽依急忙站起來，伸手想拿，卻完全碰不到，前原在一旁賊笑著看她。

「把手機還我。」

「才不要。不聽話的部下，就得嚴格指導一下才行。」

羽依很氣前原，卻也感到一陣恐懼。現在是軟禁嗎？我無法離開這裡了嗎？

羽依不吭聲，轉身就往玄關走。

「喂喂喂！」

前原急忙出聲。羽依穿上鞋子。

大手輕輕擋住門鎖的部分。

「剛剛不是說話還沒講完，妳幹麼要走？」

聲音低得像在地上爬行。由於前原從羽依背後伸手擋住門鎖，兩人的距離一下子拉近了。羽依的肩膀和前原的胸膛碰在一起，玄關的光線被他的身體擋住，變得陰暗。羽依背脊發涼，抬頭一看，前原面露詭異的笑，俯視著羽依。羽依只想一把推開他離開這道門，但比力氣，自己絕對沒有勝算。萬一失敗，毀了先前談話的氣氛，反而對曝露出粗暴本性的前原推波助瀾，自己該怎麼辦？先前她只感覺到公司上司與部屬間的權勢差距，但這時羽依才想起男女之間的力量差距，動彈不得了。前原誤以為氣氛轉好，把臉湊近羽依，朝她吹出帶著酒臭的呼吸說：

「才聊到一半就走人，我會寂寞啊。」

羽依設法擠出笑容，用力推開他的身體說：

「真拿你沒辦法。那我再坐一下好了。」

只能重新找機會了。尋找趁隙脫身的時機。羽依脫下鞋子，再次折返屋內，前原露出鬆一口氣的樣子。

「嗯，還有時間嘛，才剛開始喝而已。這次坐沙發聊吧。」

沙發是雙人座，擺著以膝毯而言有點大的毯子，看起來也像張小床。

「不，我坐這裡比較自在。」

羽依重新在原本的座墊坐下。

「妳就是這麼倔強。唔，這也是妳的魅力啦。」

對羽依來說緊張萬分的這段時間不斷流逝。隨著黃湯一杯杯下肚，前原開始口齒不清，一再重提兩人過往寥寥無幾的親密時刻，對羽依的肢體接觸也多了起來。羽依期待前原能就這樣醉倒，但他偶爾觀察羽依時恢復正常的眼神就像平常那樣冰冷，即使喝了兩罐啤酒、一瓶紅酒，感覺也只是在裝醉而已，令人不禁懷疑他其實根本沒醉。

外頭已經整個暗下來了，因為手機不在身邊，不知道現在幾點，但從疲憊程度來看，絕對超過七點了。連晚飯也沒吃，聊了這麼久，怎麼想都很異常，但前原完全沒有疲倦的樣子，羽依也為了隱藏內心的害怕，拚命裝出在家喝酒的自然態度。

前原突然搖搖晃晃地站起來，羽依一時戒備起來，但他進了廁所。喝太多酒，似乎忍不住了。好機會。

羽依拎起皮包，無聲無息地站起來，丟下手機和鞋子，開門跑了出去。開門的瞬間，裡頭傳來廁所門打開的聲音。

她穿著絲襪跑過短廊，衝下樓梯。三樓、二樓、一樓，幾乎是哭著跑過公寓前無人的小巷，來到大馬路。車燈和餐廳的燈光令她鬆了一口氣，她朝著車站跑去。雖然很想立刻跳上計程車，但這裡不能攔車。被紅綠燈擋下，正焦急的時候，後方遠遠地傳來「喂！」的呼叫聲，前原現身，衝過馬路而來，一眨眼就追上她。羽依準備放聲尖叫。

「妳也太好笑了，怎麼連鞋子都不穿就走了？用不著急成那樣，我早就要放妳回去了。喏，妳的鞋子和手機。」

前原發出刺耳的笑聲，哈哈大笑，把鞋子放到地上，遞出手機。羽依不甘心地發現自己的手抖得厲害，但還是從前原手中搶過手機，穿上包鞋。

「居然不穿鞋子跑這麼遠，羽依妳真的很好玩欸。一言一行都出人意表。腳底有沒有受傷？」

「不要再追來了。」

「不會啦，妳好像嚇死了嘛。我可不想被妳說得像犯罪者一樣。」

「你剛明明就把我關起來。」

「啊？妳適可而止一點喔，說得這麼難聽。是妳自己說要留下來的耶？要是我真的想把妳關起來，怎麼會去上什麼廁所？」

前原假惺惺的悠哉爽朗口氣令羽依背脊發涼，一等到綠燈，立刻以最快的速度向前走去。

羽依再三回頭，確定前原沒有跟上來，坐上計程車回家。看看手機時鐘，已經快十一點了，等於她被關在前原家整整超過八小時。即使上了計程車，羽依仍抖個不停，只是全心全意期盼快點到家。

理所當然，家中氣氛如常，散發著浴室的肥皂香；餐桌上，她的晚餐包著保鮮膜放在那裡。

羽依失魂落魄地坐在沙發上，這時浴室裡的吹風機聲停住，拖鞋腳步聲靠近客廳，剛洗完澡的綾香進來了。

「羽依，妳回來了。這麼晚回來，怎麼不聯絡一聲？已經吃過晚飯了吧？」

羽依默默地搖頭。

「咦？還沒吃嗎？那快點吃吧，今天吃漢堡排喔，妳的份幫妳留起來了。怎麼了？妳看起來好累。」

淚水盈上羽依的眼眶，喉嚨湧出嗚咽聲。綾香嚇了一跳，蹲下來看羽依。

「怎麼了？出了什麼事？」

「我被關在前男友家裡。」

綾香的目光迅速地在羽依全身掃了一遍。

「他做了什麼？要不要去報警？」

「他沒做什麼。真的只是說話而已。可是我剛剛真的好怕。」

「告訴我詳情。」

羽依哽咽著說明在前原家發生了什麼事。綾香得知羽依並沒有被侵犯，表情鬆了一口氣。

「他沒有綁住我的手腳，也沒有大吼大叫，可是我怕得不敢離開。他把我的手機藏起來，還不讓我碰門把，只是這樣而已，光是他跟我的力量差距就讓我怕得不得了。」

「我明白妳的心情。這是當然的，一個大男人設計讓妳無法離開，就算沒有動用蠻力，對一個女人來說，還是很可怕的事。」

綾香滿臉怒容地站了起來說：

「我跟爸媽去警告那傢伙，叫他要是敢再靠近妳，就去報警說他跟蹤狂。妳也真是，怎麼會跑去那種人家裡呢？妳不是在跟梅川交往嗎？去前男友家做什麼？」

「他說他不承認跟我已經分手，一直糾纏要我跟他談判。他又是我上司，我很難拒絕。姊，不要去警告他什麼的，萬一把事情鬧大，真的不曉得他在公司會怎麼整我。」

「原來他是妳上司？」

「是我直屬上司。他的職位很重要，跟宮尾先生也有關係。如果跟他起爭執，不只是我，還會牽連到別人。」

「這下我總算明白了。他根本知道妳無法拒絕，才精心設計接近妳。這是職權騷擾。太可惡了，在公司的關係怎麼樣都無所謂，妳的安全才是最重要的吧？如果妳不想要爸媽出面，把事情鬧大，我一個人去跟他說。他比妳年長，卻這麼惡劣，真是太可惡了。」

姊姊真心為自己生氣，令羽依感到窩心，但她也知道跟這種難纏傢伙鬧出問題，自己也有一部分責任，因此有些內疚。

能平安回家真是太好了。一直想著差不多該翻修的老舊木板走廊、乳白色的牆壁、積了薄薄一層灰的鈴蘭造型燈具、甚至是幾年前的冬天為了逮到溜進天花板上頭的鼬鼠，開洞之後重補上去的木板，一切都這麼地懷念可愛。當時為了抓到在整棟屋子東奔西竄的鼬鼠，全家都鬧翻天了呢。

躡手躡腳走上樓梯，免得吵醒入睡的家人，也令人感到心情寧靜。前原獨自一個人在蹴上的住處，現在正在想些什麼？他可能會默默滋養內心的瘋狂，令人膽寒。前原自己或許沒有自覺，但他是那種真心愛上一個人，就會開始折磨起對方的類型。平常他都以自己的力量逼迫身邊的人服從，所以即使喜歡上一個人，也只知道用扭曲的方法來強行縮短兩人之間的距離。前原只要現身人前，就會開始扮演完美先生，連旁人看了都覺得難受。

羽依回到自己的房間，躺到床上。我也有這樣的時期吧。明明是日常生活，但為了讓自己隨時符合宛如電視藝人的形象，每天更換體內的電池。儘管私底下表情陰鬱，然而一來到人前，就表現得活潑開朗。雖然高中以後就不這麼做了，但奇妙的是，有些人即使成年之後，仍堅持要扮演下去。就是那種不肯示弱、對任何人都展現相同笑容、鞭策自己努力、不允許妥協的人，就彷彿無時無刻都有攝影機在拍攝他們。正因為自己以前也是同類，所以我對前原的堅強和持續扮演的毅力感到尊敬，才會喜歡上他。喜歡以後，也不肯去理解真實的他，硬是占了觀眾席裡面最好的位置，一得知他的本性，就中途溜走，只留下正中央空掉的座位。

淚水橫溢而出。百分之百是自我厭惡的淚水。進公司以後，撇開工作上的煩惱，只扛了一身戀愛和人際關係的問題。不管和同性還是異性都起了糾紛，連續經歷職場戀愛（而且還是現在進行式），最重要的工作表現卻還在地面爬行。妳到底是去公司幹麼的？不用別人說，自己也深為自責。

應該辭職比較好嗎？

終於漸漸被逼到絕路了。一開始陽光燦爛的辦公室，現在不管是早晨還是白天都一片漆黑，某些角落有微光照亮，而她只看得見那些部分。

京都的聖誕節，燈飾和聖誕樹規模都很小，不太金碧輝煌。整個街上看起來頗為節能，即使是特別的節日，也甘於融入沉靜的幽暗之中。除了擺上巨大聖誕樹，妝點得琳琅滿目的京都車站以外，其他地區已經緊鑼密鼓地準備迎接除夕和新年。聖誕夜之前雖然還勉強維持著聖誕節的氣氛，然而到了二十五日當天，店頭和民宅玄關就已經開始掛起注連繩和門松[17]。京都的街道比起五顏六色的燈飾，更適合嚴寒清晨的新年寺院神社參拜，和毛筆撰寫的「謹賀新年」。

羽依和梅川很早就計畫好二十四日請假，一起共度聖誕夜。前原的事，羽依也大略告訴梅川了。兩人曾經短暫交往，但沒有發生任何事。前原得知她和梅川交往後，便開始對羽依糾纏不休，令人困擾。她相信前原說好好談過之後，就會和她一刀兩斷，去了前原家，卻差點被軟禁起來。梅川聽完之後，不是對前原生氣，反倒是氣羽依，罵道：「為什麼妳明知道危險，還要跑去他家？」羽依道歉，說她以為只是談談而已，不會有事，對不起；但平日溫和的梅川真心為她擔心動怒，也令她悄悄地感到開心。羽依本來還為了前原的事無精打采，但隨著聖誕節的腳步接近，心情也恢復過來，對於第一次和梅川共度的聖誕夜期待萬分。

十二月二十四日，梅川到家裡來迎接，羽依和他走在路上，看見一台熟悉的車

17　注連繩和門松都是日本傳統過年飾品，掛在門口以驅邪。

子停到路邊，前原就坐在駕駛座上。坦白說，她沒料到前原會做到這種地步，完全疏於防備了。

「把人家耍得團團轉，自己卻享受聖誕節？妳這女人真的很有膽耶。」

前原打開駕駛座車窗，完全無視梅川，只對羽依一個人說話。梅川表情僵硬地向前原點頭致意，但前原看也不看他。

「之前不是談完了嗎？居然在人家門口埋伏，你是瘋了嗎？」

「喂喂喂，我得聲明，我可不是來跟蹤妳的。我幹麼要追著妳這種無聊的女人跑？」

前原的臉因憤怒和激動而緊繃，卻因為勉強揚起嘴角，變成了一副歇斯底里的面相，完全曝露出亢奮過頭的神經，帥俊的五官整個糟塌光了。

「因為妳最近實在太不像話，連帶影響到我的工作，我才想今天一定要好好訓訓妳。然後我身為上司，如果妳有煩惱，我應該要聽妳傾吐，所以才特地來找妳的。我很好心對吧？嗳，畢竟也曾經男女朋友一場嘛。」

「什麼男女朋友，只不過是在兩個月裡約會過三、四次而已。」

前原顯然準備在梅川面前要羽依難看，羽依為了不讓他得逞，語氣徹底地冷靜，不表露感情。

「羽依這個女人真的很隨便呢。喂，梅川，這女人跟什麼人都會交往，嘗嘗味道，然後兩三下就把人給甩了。」

「請不要胡說八道。就算你是我的上司，有些話還是不能亂說。」

「啊，我這可不是在擺前男友架子。畢竟她的前男友不曉得還有幾百個，一點都不值得炫耀嘛。」

前原嘲笑著，眼神卻炯炯發亮，用力抓住方向盤的手，血管都浮出來了。羽依氣到眼前一黑，但應該要生氣的梅川卻默默不語，注視著前原。

「你給我適可而止一點。」

「嗄？」

「你囂張夠了沒！你是神經錯亂了嗎？是要糾纏甩掉你的女人到什麼時候？」

發飆的不是梅川，而是羽依。好，要撕破臉大家來啊。大不了就是辭職。不過在那之前，我要先把這個爛到底的傢伙徹底搞死！

「大發慈悲放任你說，你還真不知道分寸了是吧？你以為我會就這樣默默任你辱罵嗎？被你監禁以後，我已經蒐集好報復的材料了。」

看到羽依前所未見的厲鬼般表情，前原露出驚嚇的表情，縮回伸出車窗的臉。

「你以前也像對我這樣，跟新進女員工發生關係，玩玩之後拋棄，把人家逼到辭職對吧？我都詳細調查過了，內情掌握得一清二楚。佐佐木美晴，這個名字你還記得吧？」

看到前原立時繃緊的表情，羽依知道正中要害了。

「看來還記得呀……畢竟才三年半前的事嘛。當時說得好像是她主動辭職一樣，不過我聽說她曾經跟你交往，就直接去找她了。哎呀，她對你可是恨之入骨。剛辭職的時候她又難過又害怕，連一聲都不敢吭，但接著怒意慢慢上來，怎麼樣都無法氣消，她現在覺得為什麼她非辭職不可？」

關於佐佐木這個人，羽依以前就調查過了。因為前輩女職員的壞話裡，有時會提到佐佐木的名字。她若無其事地向公司前輩打聽佐佐木的事，對方迫不及待地告訴了她。佐佐木的聯絡方式，她翻查舊員工名冊也找到了。被前原關在公寓以後，羽依便聯絡佐佐木說明原委，兩人約在咖啡廳碰面。就算跟前男友鬧翻，但是跟對方的前女友碰面，這實在太過頭了，而且也不是什麼愉快的事，因此羽依完全提不起勁，不過現在看來，跟佐佐木碰面真是做對了。

「佐佐木小姐知道我受到相同的手法逼迫，更是氣得要命。她說她隨時願意跟我一起到公司告發你。她手上還留著當時的一堆證據沒有丟掉。她還在公司的時候，因為被你洗腦，整個人畏畏縮縮，但她說現在已經沒什麼好怕的了。」

「哼，妳以為可以拿這件事來威脅我？佐佐木是因為公司不需要她，才不得不辭職的。隨著時間過去，她反過來把這件事怪罪到我頭上，八成只想維護自己的自尊心罷了。」

「是嗎？我現在的狀況跟她完全一樣啊。我在工作上非常順利喔，也做得很開心。可是因為你不斷對我職權騷擾，我開始討厭起上班來了。啊，對了，之前的對話我都錄下來了。」

「什麼？」

「你開車過來以後，對我跟梅川說的話，我都用手機錄下來了。」

羽依取出手機，打開相機模式，迅速拍下前原的臉。

「好了，這下也拍到你在聖誕夜當天跑來我家堵人的照片了。跟佐佐木小姐一起去公司告發你的時候，我會把今天的證據也提出來，再請公司的人公斷，究竟戀戀不捨的跟蹤狂是誰！除了公司，也去一下法律事務所好了。」

其實羽依根本沒有錄音，口中就這麼接二連三冒出唬人的話來。

「你也知道我的綽號叫『竊聽狂』吧？不，這次應該叫『偷拍狂』才對呢。你以為自己躲得過嗎？」

前原變得面無表情，接著露出甚至可形容為優雅的傲慢表情，沒有出聲，只用唇型撂下一句：「給我記住。」羽依感覺到地面塌陷般的恐懼，但故作鎮定。

前原的車子開走了。羽依一直瞪著車子後方，直到車子完全從視野中消失，才終於嘆了一口氣說：

「總算走了。實在太死纏爛打了。」

羽依得意洋洋地回頭，眼前卻是難掩困惑的梅川。

兩人默默走到車站，經過驗票口時，梅川喃喃說：

「前原先生被妳甩掉，一定非常不甘心。居然在聖誕夜跑來。」

如果梅川能心想著自己竟然得手上司戀戀不捨的女人就好了，羽依懷著這樣的期待偷看，但梅川臉上浮現的只有疲累和憐憫。沒有想要滿足自尊、與人較勁的競爭心，這是梅川的優點，但當事情無法圓融解決時，他受到的打擊似乎也很大。

梅川在前原面前神色沒怎麼變，然而隨著兩人獨處的時間一久，他的話愈來愈少，最後完全沉默下來。看著不願正視自己，而是一言不發望著窗外的梅川側臉，羽依預感到這段戀情的終結。他再也不會像之前那樣滿懷熱情地注視我了吧。在過去的幾場戀愛中，交往的男人總是在意想不到的瞬間，愛意突然冷卻。

女人會一時之間真心厭惡起對方，和解之後又一口氣重燃愛火，但男人不一樣，一旦心冷，幾乎不會再次投注相同的熱情。或許會像前原那樣，因為得不到而執著起來，竭力奪回，但表面上即便看似一樣，本質仍與過去不同了。男人在戀愛的時候，腦中一定是塞滿了對女人的幻想和憧憬。

梅川原先一定也對我抱持著浪漫的幻想。現在，他應該有很多想問、想釐清的問題，卻不肯觸碰核心。這樣的迴避反而讓羽依痛苦。

「唔，在公司還是照平常那樣表現吧。前原先生也總不會把私情帶進公司裡來。如果他又跑去妳家，或是私下接近妳，妳要馬上聯絡我，我會立刻趕去。」

「謝謝。沒事的，真的撐不下去的話，我會離職。不過在辭職之前，我會盡全力讓全公司的人知道他的惡行。」

梅川沉默了一下，開口問：

「妳真的打算要離職？」

「如果可以，我當然想繼續做下去，不過要看他怎麼出招，搞不好要做下去會很難。之前他也散播討厭的流言，害我跟其他同事起糾紛。」

「這樣啊，那太可惜了。」

這樣一說，自己好像真的成天到處跟人起糾紛，教人厭惡。

「唔，不管怎麼樣，我是絕對不會辭職的。」

聽到梅川的呢喃，羽依這才驚覺：對了，即使我離開，梅川還是得跟前原和其他員工每天共事，現在這情況一定害得他壓力很大。

「對不起，把你扯進我的事情。」

「不會，沒關係，錯的是前原先生。我不知道之前還有女員工因為前原先生而辭職。要是妳重蹈覆轍，實在教人無法接受，所以我希望，妳盡可能不要辭職。」

「嗯，我會加油。」

「我也不能不負責任地說什麼，不過我覺得，妳一定沒問題。前原先生要走之前，真的被妳嚇到了。妳生氣起來，反差真的好大，表情整個變了，聲音也好低沉，恐嚇的口條也無可挑剔，簡直就像黑道啊！」梅川無力地笑道。

「對不起，要是能更穩當地把他趕回去就好了。明明你是想要和平解決。」

「唔，前原先生好像很纏人，或許就是得說到那種地步，他才可能放棄。不過，我還是不太喜歡這麼偏激呢。」

梅川委婉地補了這麼一句。

京都市右京區某家企業主辦的燈展，羽依雖然住在京都，卻從來沒有去過，實際前來一看，規模遠比想像中的盛大許多，令人驚訝。梅川說這是市內最大的燈展。企業周邊的土地被掛上燈飾的行道樹給填滿，動物造型的燈飾閃閃發亮；羽依踩著褐色長靴輕快地穿梭其間，每當發現新的燈飾便開心歡呼，內心卻一直隱隱刺痛。梅川的反應也和平時微妙地不同。

也有歡樂得讓人忘了不快的瞬間。這種時候一回神，會發現彼此的笑容卻是僵硬的。這是因為前原，卻也不是因為前原。羽依和梅川尚未建立起足以順利克服這種忸怩的深厚感情基礎。

梅川預約的飯店房間裝飾著聖誕樹。

雖然不是套房，但窗外景觀優美，裝潢也是巴黎風，是女性喜歡的風格，顯然是很搶手的房型。梅川一定是從好幾個月以前就預約了。愈是感受到梅川為了交往後的第一個聖誕夜費心準備的努力，她就愈強烈地憶起今天與前原的對決。梅川的誠意不著痕跡，完全不強調「我為了妳這麼努力」，但也因此更教羽依歉疚得無地自容。不管自己再怎麼嬌媚地開心裝可愛，她恐嚇前原時的潑婦形象已經烙印在梅川的腦海中了吧。

沖完澡後，兩人跳上特大號雙人床，好好地激情了一場。羽依早已決定，即使明天兩人就要分手，今晚還是要與梅川歡愛，她忘掉一切，深深吸入梅川肌膚的溫暖。梅川的皮膚氣味不知為何令人懷念，羽依希望他只是慢慢地抱緊自己，卻又急著想要快點與他合而為一，兩種情緒交纏激盪。

一心一意的歡愛結束後，兩人說不出的滿足，恢復了過往的親密與快活。兩人赤裸著在極近的距離注視著彼此，再也沒有阻礙了。只有床上是內在的世界，此外的，全是外界。

羽依在聖誕樹旁的長椅躺下，累積一整天的疲勞決堤而出。睏意令眼皮沉重起來，五彩繽紛地閃爍的燈飾變得一下近一下遠，就好像催眠術。

「聖誕樹上的裝飾物，好像全部都有意義喔。我記得糖果是牧羊人的手杖，圓球是智慧果蘋果、頂端的星星是伯利恆之星、冬青代表耶穌基督的頭冠。」梅川說。

「咦，好有趣喔，是以《聖經》為主題啊。我之前都不知道，原來聖誕樹這麼神聖。」

羽依注視著光亮的紅色圓球，意識漸漸模糊。圓球表面倒映出小小的扭曲的臉，就好像我被關在球裡。

「啊，明天真不想去上班……」

梅川喃喃說道，羽依打從心底同意。

年關將至的十二月二十七日，全家到齊的晚餐席上，綾香盡可能輕描淡寫地詢問，能否邀請宮尾在元旦中午一起來家裡吃年菜。

「聖誕節的時候我聽宮尾先生說，他在工作上好像有個掛心不下的案子，元旦傍晚還要去公司一趟，所以初二以後才會回高槻的老家。我們聊到想在上午或中午見個面，所以我邀他一起去神社參拜，順便到家裡吃年菜，他說如果我們家人同意，他務必想來。媽，可以嗎？」

突然被問到的母親急忙答道：

「我當然可以啊。年菜多一個人少一個人都沒差。雖然常聽妳提起宮尾先生，但還沒有見過他，要是可以碰個面，媽很期待。」

「謝謝媽。當然，前一天我會幫忙做年菜，媽可以放心。爸，可以嗎？」

畢竟綾香已經告訴過家人，如果他們正式交往，會立刻報告，因此戀愛的進展都讓家人一一掌握，教人害臊不已。父親和母親差不多慌張地說：

「爸當然也很歡迎啊。妳想怎麼辦就怎麼辦吧。不過午飯十二點準時開飯，別遲到了啊。」

「嗯，我會注意。謝謝。羽依會帶梅川來嗎？」

「才不會哩。」羽依在臉前揮著手。「我們會一起去拜拜，不過接下來的春節，要各自在家裡過。宮尾先生大過年的就要工作啊？我們公司還真是黑心企業。」

事情比想像中的順利，綾香鬆了一口氣，但提出這件事時，家人的反應看起來有點驚嚇，令她暗自憂心。

「小凜，我想跟妳談一下。」

午飯後拜訪凜的房間時，那種古怪的感覺依然沒有散去。

「怎麼了？這麼鄭重其事。」

「呃，過年我請宮尾先生來家裡，是不是太快了？我們都還沒有正式交往，卻帶他來見父母，他會不會覺得我急得不得了？羽依跟梅川明明在交往，過年卻是各過各的。」

凜露出「怎麼，原來是這件事」的表情。也許她本來以為是要談她的畢業出路。

「沒什麼不好啊，宮尾先生也說他想來嘛。就放輕鬆請他來就行了。宮尾先生也算是羽依的同事嘛。」

「不過別人聽了，不會覺得我操之過急嗎？」

「姊跟宮尾先生已經形同正式交往了吧？約會過好幾次，聖誕節也一起過了，不是嗎？」

凜被自己的話羞得臉紅，但綾香內心覺得妹妹根本沒必要臉紅。因為他們之間根本什麼都還沒有發生，聖誕節那天，兩人也只是吃個晚餐，晚上十點就回家了。

「謝謝。嗯，反正都已經決定了，我就別想太多好了。」

「妳對和宮尾先生的關係真的好慎重呢，姊。」

「因為我們的關係很微妙。如果正式成為情侶，或許心情會輕鬆一些吧。」

過去的約會，還有聖誕節那天，都幾次出現微妙的氛圍。例如對話忽然有了空白，兩人之間卻散發出更勝於對話中斷的緊張；或是坐在長椅上，宮尾做出要摟肩的動作，手卻就這麼偏離軌道，擱到長椅背上。即便滿心期待，但她又痛苦地希望，如果是不好的結果，那她根本不想知道。與他見面的時候，心情總是細微又劇烈地擺盪，但每一次又都埋沒在日常當中，化為平凡無奇的一刻，不知不覺間，她不再對他的一舉一動加以深究。

說到過年要去綾香家的時候，綾香本以為宮尾會找理由拒絕，所以對方表現出意外熱情的反應，積極答應時，綾香也叫自己不要抱太多期待。也許宮尾不是考慮到往後的交往，所以想向她的家人打聲招呼，只是單純為了可以在元旦品嘗到年菜，好好過年而開心。不，一定只是這樣。

綾香最不願意的就是讓宮尾覺得她急著結婚。不想讓宮尾意識到，她已經是如果交往就非結婚不可的年紀。與宮尾認識之前那樣強烈的結婚欲望現在已經銷聲匿跡，她希望能以更淡定的心情經營兩人的關係。

就像凜說的，到時候就輕鬆迎接宮尾，不要讓這次的拜訪有太深的涵義，以順利結束為目標吧。

除夕當天，正在大掃除的時候，綾香目擊到羽依躲進和室小房間，從櫥櫃挖出各種和服及腰帶。

「羽依，妳為什麼突然看起和服？真難得。」

「我打算和梅川去神社拜拜的時候穿和服，所以想趁現在先拿出來，掛到和服衣架上。」

「什麼嘛，羽依，妳說我穿和服去約會太誇張，自己卻要穿和服嗎？」

「姊那是第一次約會吧？過年又沒關係，每個人都會穿。姊也要穿吧？」

「被妳這麼一說我才想起來。這麼說來，今年過年要穿和服嗎？每年過年，我不是在自己家就是親戚家過，都忘了可以穿和服這回事。總覺得好像只有新年電視特別節目裡面的藝人在穿。」

「什麼話，就是過年才要穿和服啊。最愛和服的姊姊在發什麼傻啊。一起穿吧。」

「穿和服感覺太刻意了，會嚇到宮尾先生的。」

「這是本來打算第一次約會穿和服的人說的話嗎？俗話說戀愛會讓人變得膽小，真的是這樣呢。」

被妹妹說中，綾香有些惱羞成怒，撇開臉怒道：

「制止我第一次約會穿和服的不就是妳嗎？妳那時候說的話我還記得，害我現在都有和服恐懼症了。」

「太誇張了吧？那我們一起克服那恐懼症吧。兩個人一起穿的話，宮尾先生也不會覺得不自然。」

綾香的心情逐漸動搖了。確實，如果羽依也穿的話，宮尾或許不會揣測這套裝扮有什麼特別的暗示。

「那就這麼做吧。我來幫妳穿。」

「太好了！新年參拜是一大清早，人很多，去美容院很麻煩，我還在煩惱該怎麼辦呢。」

跨年的瞬間，奧澤家全家人一起靜靜地迎接新年。十二點一到，母親便打開窗戶，聆聽鐘聲。鄰近的寺院會同時敲響一〇八次鐘聲，因此各色鐘聲參差錯落地從四面八方迴響而來。一家人各自泡過熱水澡，做好就寢準備，鑽進冰涼的床上，將被子蓋到下巴處，進入夢鄉。

元旦當天，綾香情緒亢奮到睡不好，六點左右就醒了。父親的嗜好是參拜徒步一小時範圍內所有神社，天色一亮就出門了。這一區神社很多，他應該要參拜個十座神社左右，中午前就會回來吃年菜吧。刷完牙，綾香為了最後一次檢查大掃除有沒有遺漏之處，從二樓房間看到走廊，經過樓梯來到一樓，最後瞥了玄關一眼。

凜曾說過，有鬼魂聚積在玄關角落。尤其是冬天的傍晚，也許是因為盆地的地形，溫度驟降的戶外冷空氣從門縫間溜進家裡，在曾是泥土地、現在是大理石地的玄關角落，幽怨的鬼魂陰冷地濡溼了一隅。

其他家人一笑置之，說那是結露，才不是鬼，但凜為了驅走鬼怪，在那裡堆了一小堆鹽巴驅邪。但是家人抗議說那樣反而更可怕，她便用鹽巴擦拭該處，或是擺上心愛的亮色雨傘，防止鬼魂逗留。

玄關門頂部嵌了紅色與橘色的彩色玻璃，採光充足，寬敞明亮，凜怎麼會說有什麼鬼呢？綾香一直覺得莫名其妙，但是在如此幸福的元旦早晨，為了不放過任何一絲髒汙而檢查家裡的時候，她發現玄關確實特別冰冷，令人介意。

凜那把把手有著小櫻桃圖案的木製雨傘，似乎正堅強地阻擋著來自門外的不幸。綾香從圍裙掏出原本打算今天帶出門、以水藍絲線刺繡了姓名縮寫「A」[18]的純白色手帕，繫在雨傘柄上。

和羽依一起穿戴好和服，梳妝完畢後，八點綾香坐公車前往八坂神社，羽依搭電車前往伏見稻荷神社。八坂神社門前，宮尾已經在等待，一看見綾香便向她揮手，但平常一下子就走到的距離，穿和服只能小碎步行走，遲遲難以靠近。

「綾香小姐，不必急，小心慢走！」

宮尾的聲音讓綾香放下心來，她踩著為了禦寒，前端罩上護罩、鞋帶上畫有雪花結晶圖案的草鞋，慢慢地走上石階。

「沒想到妳會穿和服來。抱歉約這麼早，一定準備得很辛苦吧。」

宮尾也走下石階迎接綾香。

「好美的盛裝和服，綾香小姐的脖子很修長，穿起來好適合。」

這輩子第一次被人稱讚的脖子，一時之間羞得赤紅，綾香笨拙地微笑。

「我本來很猶豫，覺得或許太招搖了，不過現在是新年，大家也會穿，我想穿一下也無妨。」

「嗯，和服很華麗，最適合元旦了。雖然穿和服的人很多，但綾香小姐看起來是其中最出色的。」

---

18 綾香的日文發音是AYAKA，故姓名縮寫字母為A。

綾香猜想這可能是客套話，觀察宮尾的臉色，但宮尾注視著自己的神情是發自心底的喜悅，讓她鬆了一口氣。面對東大路通的西樓門，剛翻修後的朱漆新穎，展現出八坂神社玄關口的風格。雖然也有人厭惡它，說西樓門的嶄新和鮮豔用色讓人感受不到歷史的重量、缺少日本的枯寂之美，但綾香喜歡這座在新年和賞花時期迎入許多香客的樓門浮誇的華美。

爬上石階後，回頭一看，筆直延伸而出的四条通就像頸骨般貫穿京都正中央，支撐著頭部。沿街兩旁擠滿了香客和觀光客，相當於脖頸肌肉的祇園和河原町頑強地支撐著這裡的經濟。狹小的路上，車子按著喇叭，公車不把修長的車體當一回事，靈巧地拐進東大路。

京都從什麼時候開始變成這樣一座熱鬧的城市了？

綾香對這一年多過一年的人潮感到驚奇與些許的啞然，卻也無法掩飾內心對它的驕傲，就這樣穿過兩旁豎立著揹負箭矢的隨從木像的大門。

兩人對著掛有成排燈籠的舞殿說著「舞殿還是晚上燈籠亮起來的時候才有氣

氛」，一起排參拜本殿的隊伍。綾香偷看一板一眼遵守參拜規矩的宮尾，配合著他。兩人順便抽了籤，結果綾香是小吉，宮尾是半吉，兩人的籤詩都有「等人不至」，彼此對笑：這不就來了嗎？宮尾為了綾香，走在稍前方開道，綾香注視著他的背影心想：你其實可以牽著我一起走呀。回程的路上兩人買了甜酒，一起喝著，撫慰儘管是個大晴天，風卻冰冷刺骨的寒意。宮尾說他怕燙，與那龐大身軀格格不入地啜著小嘴喝熱甜酒，模樣可愛。酒麴散發出來的懷念甜香，在喉頭形成一層舒適的薄膜。

綾香和宮尾先回到家，接著羽依也回來了；穿睡衣的凜一看就是才剛起床的樣子，她也洗了臉，換好上衣和裙子，眾人陸續到客廳集合。一個房間裡有三名盛裝打扮的女性，便讓只裝飾了鏡餅[19]、與平時沒什麼不同的客廳頓時充滿節慶氛圍。

19 鏡餅，製作成圓餅狀的年糕，一大一小兩兩疊在一起，在過年時用來祭神。

綾香穿的和服雖是小碎花，不過料子是適合新年的豪華光澤綸子綢緞，繪有大膽的扇面圖案。羽依將一頭鬈髮挽起來，劉海也貼著梳向一旁，穿著白底可愛花朵圖案的高級縐綢和服。兩人的和服都成功地襯托出她們異於平時的魅力。母親見狀也急忙換上象牙色和服，搭配黑底金色龍村錦帶，那沉穩但高雅的模樣威嚴十足，不愧是母親。

「我看到馬路另一頭有個美女走過來，原來是綾香小姐，嚇了一跳。我不懂和服，不過真的非常適合她。」

受到稱讚，綾香很開心，卻又因為不明白宮尾的心意，內心焦急不已。在家人面前這樣誇她，要是最後以「很抱歉，我還是沒辦法跟妳交往……」而讓關係告終，會害得她在家人面前抬不頭來。

不行不行，綾香恢復笑容。明明決定要輕鬆地請他到家裡作客，一不小心又過度期待起來了。

「梅川看到奧澤小姐穿和服，應該也非常開心吧。」

宮尾也許是掩飾害羞，擦著額頭的汗珠對羽依說。

「好像也還好。」

「怎麼可能？在公司，大家都說梅川對奧澤小姐是死心塌地呢。」

羽依露出稍微鬆口氣的表情說：

「他真的會開心嗎？伏見稻荷神社人多到不行，好不容易參拜完，回程的電車也都擠滿了人，順利回到家後，我才總算鬆了一口氣。穿和服真的好難，我跟姊姊不一樣，穿不慣和服，布襪和草鞋都磨得腳好痛，難受極了。現在也是，腰帶勒得肚子好緊。啊，真想快點吃完年菜，脫下這身衣服。」

羽依即使穿上和服，儀態也沒有變優美，把指頭插進腰帶與和服之間拉扯著，惹來父母苦笑。

奧澤家的新年料理每年菜色都是固定的，先從年糕清湯開始，料有香菇、雞肉、波菜、烤過的年糕，非常簡單。京都的年糕湯主流是白味噌，清湯是父親的喜好。年菜的容器有三層，最底下是紅燒京都紅蘿蔔、芋頭、蒟蒻等等，第二層鋪滿了青甘魚和馬駮的西京燒[20]、鯡魚卵、紅白魚板、栗金團[21]等必備的年菜料理。最上層則是鮪魚角煮[22]、薑燉牛肉、伊達卷[23]，還有因為有客人，所以特別加入的燙龍蝦等等。

綾香原本擔心宮尾加入奧澤家的家庭聚會，第一次見面的父母也在場，可能會讓他怯場，但宮尾對正式的京都年菜感動不已，喝屠蘇酒[24]喝得雙頰泛紅，自然地融入奧澤家。陰盛陽衰的這個家只是多了他一個人，便終於取得了平衡，存在感始終薄弱的父親和宮尾聊著天，也顯得很開心。

綾香一直想看到這樣的場景。

她已經有家人了，是長大之後仍住在同一個屋簷下的重要家人。但如果有那麼一天，原本的家族當中能加入自己找到的新成員，那該有多美好？宮尾雖然還不是家人，但這私心夢想的場景如今在眼前成真，令她心頭溫暖洋溢。即使就像平常那樣被家人圍繞，但只是身旁有個男人為她微笑，那若有似無的淡淡寂寞就能夠被撫慰。

唯一令人擔憂的，是平常每到過年總是特別歡欣的凜，此刻表情竟有些陰鬱地低頭坐著，偶爾展現的笑容也顯得微弱。一定是還在為畢業出路煩惱吧。父母好像也漸漸明白，凜並不是為了反抗父母，或是刻意想前往遙遠的地方獲得自由，才想離開這個家，但似乎還是難以點頭答應。

「小凜，要不要玩歌留多牌[25]？」

每年吃完年菜後，凜總是不顧自己早就超齡，興沖沖拿來歌留多牌，大聲念起「狗兒路上走，棍棒天上來」，今天卻遲遲沒有動靜，因此綾香機靈地開口提議。

「不用了，宮尾先生來家裡作客，全是大人，卻玩什麼歌留多牌，他會覺得我

---

20 西京燒，將白味噌醃過的魚片加以燒烤的料理。
21 栗金團，將栗子或芋頭以糖水熬煮至黏稠狀而成的年菜料理。
22 角煮是日式燉肉。
23 伊達卷，一種雞蛋料理，將加入魚肉或蝦子的厚煎蛋以竹簾捲成蛋糕卷狀，是傳統年菜料理。
24 喝屠蘇酒，中國古時傳入日本的習俗，以數種藥草調和的屠蘇散泡酒而成，通常於元旦飲用。
25 歌留多牌，日本江戶時代的紙牌遊戲，現在成為新年遊戲。

們家很奇怪。」

「何必充面子呢？我們家本來就很怪嘛。總之來玩點什麼遊戲吧，光喝酒，等會兒會有人醉倒的。」

「那玩撲克牌吧。玩大老二或二十一點、梭哈這類有輸贏的遊戲。樓上有撲克牌，我去拿。」

最喜歡各種牌類遊戲的凜恢復精神，跑上二樓去了。

中午過後下起雪來，大朵鬆軟的雪花飄舞之中，微醺的宮尾再三向奧澤家的人致謝，前往公司。

收拾午餐碗盤，看著電視上的新年特別節目，晚餐也繼續吃年菜。正當整個人放鬆下來，綾香的手機響了。是宮尾打來的。

「我這邊的工作差不多九點會結束，等等可以再見個面嗎？很抱歉約這麼晚的時間。」

「我沒問題，反正我也沒什麼事。」

「那我離開公司後，先回家一趟，再開車去接妳。我們一起出門走走吧。」

「好的，我等你。」

說完後，綾香的心不知為何微微刺痛起來。

「可是沒問題嗎？你工作這麼忙，不會太勞累嗎？」

「一點都不會。拖到新年的工作教人氣惱，但是一想到結束後可以見到綾香小姐，我就幹勁十足。所以，請和我碰個面吧。」

宮尾的回答甚至完美地療癒了綾香過去失戀的傷痛，她忍不住開心地回道：

「我也很期待。」

早已洗完澡、換上居家服的綾香，急忙化起妝來，為了避免在冬天夜晚著涼，挑選了能夠禦寒，但也不會和白天和服裝扮落差太大、尚稱體面的服裝，等待宮尾來接。

宮尾把車子停在離家稍遠處，免得被其他家人發現，然後聯絡綾香；綾香對家人說「我出門散步一下」，離開家門。

「抱歉，早上中午才碰面，連晚上都把妳叫出來。我明天就要回去高槻了，想到今天是假期最後一次可以見到妳，就……」

「我沒問題。宮尾先生才是，一早參拜神社、來我家，接著去公司處理工作，晚上又出門，一定很累吧。」

「我也沒問題，而且今天是元旦，情緒有些亢奮吧。欸，要不要現在一起去嵐山？白天的觀光景點嵐山很不錯，但完全無人的寂靜嵐山也很棒喔。妳看過嗎？」

「我沒有在晚上去過嵐山。我很想看看是什麼樣子。」

元旦的夜晚，也許是因為路上人車稀少，從奧澤家到嵐山，開車不到二十分鐘就到了。嵐山最熱鬧的長辻通，店鋪在夜晚當然全數打烊，沒有半個行人，只有車子偶爾經過。外頭只有昏暗的戶外燈微弱地亮著，一片寂靜。嵐山異於溫泉區，沒有多少旅館，夜晚是全然的清淨。車子在渡月橋附近的巷弄停下，綾香下了車，被冷得刺骨的低溫嚇了一跳。雖然也是因為時間已晚，但嵐山比市區更要寒冷多了。

遠方可以看見沉浸在黑暗中的群山，流過橋下的桂川發出濤濤水聲。夜黑配上失去色彩的渡月橋，景色幽寂，完全無法想像這裡白天是熱鬧的觀光景點。灰色的雪花斜斜地飄下，積了一層薄雪的渡月橋上是水墨畫中的世界。綾香從家裡用保溫瓶裝了黑豆茶帶來，兩人在車子裡喝著，沒多久雪停了，兩人下了車。

「入夜以後，嵐山的燈火就會全熄滅，星星看起來特別漂亮。」

聽到宮尾的話，綾香抬頭仰望天空，只見細碎的銀星灑了滿天，每一顆都清晰地綻放著冷光。哇！綾香的歡呼化成白色的呼吸融入空中。

咳，宮尾發出含糊的咳嗽聲。他從剛才就咳了好幾次，咳嗽聲很怪，又乾又沉，不是感冒。每次咳嗽，他都把手握起來湊到口邊。

「要喝茶嗎？」

綾香以為是空氣乾燥，喉嚨難受，便旋開保溫瓶的蓋子。

「謝謝——不，還是不用了。我有話想要先說。」

聽到宮尾那鄭重其事的口氣，綾香的手放在蓋子上，整個人僵住了。怎麼會沒察覺呢？重要的話緊接著下一秒就要登場了。她怎麼能在這無人的寧靜積雪中，悠悠哉哉地在河邊行走？

「是關於交往的事。我會和綾香小姐認識，是因為羽依小姐的介紹，也因為這樣，從當初見面的時候，我就一直在考慮交往這件事。」

已經上了輸送帶，沒法下來了，只能頭也不回地衝向目的地。耳朵聽見血流加速的聲音。口乾舌燥，牙齒為了寒冷之外的理由格格打顫。

「我不清楚綾香小姐怎麼想，但我希望和妳交往。我希望往後我們可以一起再去各種地方，好好經營感情。我喜歡上妳了。」

整個冰透了的臉頰和指頭再次恢復熱度，汗水從圍巾和脖子之間泉湧而出。太好了，不是壞的答案。幸好不是瞬間掠過腦際的分手宣言。身體一下子解脫、鬆懈下來，綾香朝宮尾走近一步。

「嗯，我也是同樣的心情。」

應該有更適合的回答，卻想不到半句，宮尾眼角帶著緊張注視著她，幾乎像要把她看出洞來，但綾香再也說不出話來了。相反地，無法克制的笑容從嘴唇漾了開來。

「我好開心。真的、真的好開心。」

總算說出口後，她羞怯地望向河面。宮尾小聲喃喃「太好了」，即使沒有直接看著他，也感覺得到他整個人同樣逐漸放鬆下來。明明心意相通，好半晌之間，兩人卻都看著不同的方向，兀自沉浸在安心裡。綾香一直看著河面，這時宮尾從後方笨拙地抱了上來。突然縮短的距離幾乎令她頭暈目眩。她正不知所措，身子自然地被翻轉過去，變成彼此相擁。接下來的發展，不是理智，而是身體明白。貼在一起的嘴唇，兩邊都是乾燥的。宮尾的懷裡十分溫暖，四下冷得教人發抖，就彷彿全世界只剩下他們兩個生物。

「咦，我流鼻涕了嗎？」

「真的，嗯，流鼻涕了。」

綾香瞥見宮尾的鼻子底下被透明的液體沾溼了。宮尾急忙從口袋掏出面紙擦乾人中處。

「冷到感覺麻痺了，完全沒發現。剛才一笑，覺得上唇冰冰的，一摸以為是雪，可是雪早就停了。」

「冬天太冷的時候，會流水水的鼻涕呢。」

「開始上班以後，我已經在京都住了很久，但還是第一次這樣。看來這一帶真的很冷。」

「嵐山這一帶特別冷，是北邊，離山又近。和宮尾先生家附近的中心地區溫差應該很大。」

口中說著冷，感覺更冷了，溼掉的腳尖幾乎要凍僵。雖然沒有下雪，但凍雨似乎融入空氣裡，凜冽的寒氣刺膚侵骨。

「對啊，我也是第一次看到雪積得這麼深。我家也許是因為在市中心，不管雪再怎麼下，隔天也都融化了。真對不起，都冷到流鼻水了，卻還一直待在外面。萬一感冒就糟了，我們回車子裡面吧。」

綾香仰望，宮尾回以微笑。擦掉鼻涕的宮尾一笑，眼角便往正旁拉去，加上粗壯的鼻梁，看起來有點像帥氣的外國人——會這麼覺得，是因為喜歡上對方，情人眼裡出潘安吧，綾香內心苦笑。再親最後一次——宮尾說著，臉龐矜持地湊上來的時候，綾香懷著將自己全部交付出去的心情，整個人安心地閉上眼睛。

不論從何處抬頭仰望，全世界的天空應該都相連在一起，然而周圍的景色不同，天空看起來還是不一樣。東京的夜景由於燈火通明，入夜之後仍幽幽亮著，無論夜再怎麼深，仍等不到真正的黑暗降臨，這讓凜剛搬來時十分驚訝。白天的東京天空素淨高遠，是無雲的淡水藍色。

進公司之後的研習當中，有次凜在閒聊中說起東京總是萬里無雲，上司稀鬆平常地應道：

「嗯，這裡是關東平原嘛，沒有雲。」

仔細想想，這答案的正確性相當可疑，但上司說得天經地義，凜當下不禁恍然大悟道：「啊，原來如此。」從此以後，每當仰望無雲清透的水藍色天空，真假姑且不論，凜總是會喃喃道：「畢竟這裡是關東平原嘛。」

五月某個週日，凜從一個人住的租屋處來到東京車站。以前在京都，凜很喜歡在京都御所散步，來到東京以後，她第一個想去的地方就是皇居外苑。因為京都御所和皇居外苑同樣都是天皇的居所，雖然京都御所是古代天皇住處，但她覺得兩者應該有著共同的氛圍。實際前往一看，才發現是南轅北轍。京都御所只有特別的日子才會開放，所以只能在御所周圍的御苑綿延的寬闊石子路上散步。那不只是一條長長的石子路而已，鑽進小路，便可以看到小河及高大的老樹茂密生長的美麗景致，也能夠欣賞四季不同的花卉，春天有許多人來這裡賞櫻。這條石子路最大的特徵就是呈「口」字形，將御所圍繞在正中央，走著走著，就會回到原點。

距離東京車站徒步約十五分鐘的皇居外苑，是一大片一字形的偌大土地。細心修整的草坪廣場上有著一片濃密的黑松林，面向東京車站，丸之內的高樓大廈群就俯瞰著這裡；轉向皇居的方向，則是沒有半棟高樓、毫無遮蔽的開闊天空，一點都不像身在東京。凜踩著草坪進入綠意深處，在陽光照耀下生長的黑松底下，鋪上帶來的野餐墊，面向皇居而坐。

悠閒的公園景致，加上沒有高樓大廈，充滿了開放感。凜看慣了礙於市容法規，所有建築物都十分低矮的京都景色，每當在都心大公園的樹木間看見高樓拔地而起，她都會為之一驚，覺得好像哥吉拉突然現身。

園裡有許多長椅，但沒什麼人坐，大部分都是直接躺在草地上，或是和凜一樣自己帶野餐墊來。來訪的遊客形形色色，有一家大小、情侶，還有個老爺爺偷偷餵食麻雀。應該也不是沒看見「請不要餵食鳥類」的告示牌，老人注意到凜的目光，立刻板起臉來撇開頭去。不時有慢跑的人穿過草坪前面的路。

凜在膝上打開在家做的便當吃起來。有香鬆和鮭魚飯糰，蒸蔬菜和香腸。挪挪身子，便可以在大樓間看見小小的東京鐵塔。實際看到的東京鐵塔，比想像中的更要精巧，纖細銳利的外形予人一種超越時代的洗練印象。入夜之後照亮鐵塔的燈光，是宛如濃縮了整片夕陽的橘色，無論從東京任何一個位置看去都很美。原本以為東京鐵塔會是更沉穩、更絢麗閃亮，實物卻完全不同，很像第一次看到金閣寺的印象。

不能太悠哉。今天是休假，但得早點回家。每天都忙碌不堪，因此星期日想要好好養精蓄銳，但必須完成這星期的團體工作報告。凜到現在都還沒有決定隸屬單位，在都內的總公司受訓。內容是商場禮節、團體工作、參觀工廠和研究所等相關事業所，雖然還沒有正式投入工作，但準備研習內容非常辛苦。

光是來到上京後一直嚮往的皇居外苑，這個假日就算充實了。最近的休假不是寫報告，就是在家睡上一整天，甚至經常忘了自己住在東京。

把吃完的便當收進皮包，拍掉沾在衣服上的草屑，凜離開外苑。踏出外苑後，迥異的丸之內高樓大廈街的景色又呈現不同的美。比起高度，更具寬度的各個大樓，每一棟都十分洗練，威嚴獨具。筆直的大馬路貫穿一絲不苟地精心規畫的商業街的景象，一派首都風範。凜不經意地看到馬路前的標幟，上面寫著「行幸通」，她想起以前做的惡夢，一陣毛骨悚然。衝擊散去之後，她轉念心想不該勉強穿鑿附會，繼續跨步前進。

丸之內的高樓大廈群十分巨大，一直仰望，會讓脖子發疼，但奇妙的是，這些建築不太有壓迫感。是因為很多建築物都配合東京車站丸之內車站大樓的氛圍，是磚造建築，而非全面玻璃帷幕的近未來造型之故嗎？也有些建築物的低矮樓層是興建當時的大正時期設計，高樓層卻是以現代技術增建的，讓凜在回到東京車站的路上，一路賞心悅目。

走著走著，東京車站的磚造建築現身，那復古的美麗外觀自不必說，也讓人感覺到某種它全心全意肩負起遏止時光洪流的責任。身為首都的玄關，它每天接收著日新月異、持續進化的城市能量，並發揮守門人的職責，敏銳地審度什麼是可以迎入的、什麼是必須排除的。歷經長年的改建後脫胎換骨的這棟車站大樓，往後將會不斷地守護著丸之內與皇居清澈的空氣。

凜將證明錄取的預先錄取通知書放到桌上，奧澤家的客廳霎時鴉雀無聲。她頂著一張蒼白的臉，面無表情地垂著頭，等待判決。父親雖然苦著臉，意外的是，母親拿起錄取通知，歡天喜地說道：

「凜，妳真的考上了！啊，這是家大企業，而且就算有教授推薦，媽覺得應該還是很難考進去，妳真是太厲害了，恭喜！媽從小就喜歡吃這家公司的零食呢！」

「謝謝。」

母親出乎意料的反應讓凜反而有種落空之感，但總算聽到她希望父母對她說的話，不由得笑逐顏開。

「那，進去這家公司的話，就非得去東京工作不可嗎？」

父親用比平常更低沉的聲音問。

「嗯。在東京受訓之後，如果擔任研究職，應該會在東京附近的研究所工作。可能沒機會調到關西吧，因為公司的組織幾乎都集中在關東。」

「妳考上全國知名的食品公司，真的很了不起。爸跟媽其實都真的想要打從心底祝福，可是妳從出生到現在都一直住在京都的這個家，突然要去東京生活，爸媽還是擔心得不得了。或許也是因為爸媽從來沒有搬過家，一直住在這裡的關係，才會覺得離鄉背井太可憐……」

「不過媽現在覺得，如果能夠，還是該放手試試。既然都像這樣拿到預先錄取通知了。」

看到母親打斷自己的話低喃，父親愣愣地看向她。

「媽呢，在凜說要繼續念研究所的時候，也覺得『明明是女生，讀這麼多書做什麼？花錢又花時間，讀到大學畢業就夠了』。可是等到凜真的上了研究所，做起深奧的研究，看到妳成天上研究室，而不是出去玩，總覺得替妳驕傲起來了。同時媽也有種預感，覺得這孩子以後會踏上我們無法想像的道路。

「妳要去東京的事也是，剛聽到的時候媽嚇壞了，而且妳這孩子有些傻傻的，不知世事，還有點愛幻想的特質，所以媽一直很擔心妳會不會過度憧憬著大都市而上京，結果發現和想像中的不一樣，遭遇困難，搞得遍體鱗傷。不過既然妳像這樣靠著自己的實力拿到前往新天地的門票，媽開始覺得，我們也該立下決心，為妳加油了。」

母親被自己的話說得滿心興奮起來，氣喘吁吁。

「說是東京，也一樣是在日本，所以就算稍微吃點苦，還是有辦法過下去吧。當然，這個家少了妳，我們會寂寞，不過媽偶爾也會去東京找妳的，沒問題。」

「等一下，妳怎麼突然變卦了？跟妳之前說的完全不一樣。妳不是說不管凜的考試結果如何，我們做父母的都要堅決反對嗎？」

儘管是敵人，但父親慌亂的模樣教人實在有些同情，因此凜沒有反駁，靜靜地看著兩人爭執。同時她也依稀察覺，兩人之所以反對，純粹只是出於父母的立場，為她的未來擔心而已。

「不過凜的實力好不容易得到肯定，試都沒試就反悔，豈不是太可惜了嗎？要是難受到再也撐不下去，再辭職回家就好了嘛。」

雖然爭論了很久，但最後父親等於是被凜和母親的熱忱說服，同意讓凜去東京了。父親儘管依然操心不已，但最後還是願意笑著送她啟程，這讓凜開心極了。

「凜，過年的時候一定要回家。這也是為了妳好。」父親說。

「什麼話，凜會更常回家。盂蘭盆節、黃金週、平常的週末都會回家。」

「這樣啊。爸覺得開始工作以後，要回家就很難了，不過只要凜願意，或許總是可以回來的。要小心身體啊。以後就算感冒，也沒人照顧妳囉。」

「對啊，凜，就像妳爸說的，要保重身體。進去新的公司，本來就容易累積疲勞和壓力，就算總算去了朝思暮想的東京，也不可以成天到處玩耍啊！」

上京以後，凜忙得不可開交，根本無暇出遊，甚至沒必要刻意去想起父母的叮嚀。搬家、入社典禮、研習，連喘息的空閒都沒有，而且之前除了煮飯以外，家事都是母親在處理，因此她連洗衣機怎麼操作都不知道。現在她總算明白好友未來獨自到京都生活的辛苦了。煮飯當然也沒空，每天都吃超商便當。被褥也鋪在地上從來沒收，即使想要買床鋪，甚至連挑選的時間都沒有。但是不管在公司還是在家，充實都更勝於疲憊。與團體工作中認識的新員工交流，也讓凜激勵不已，告訴自己絕不能輸給別人！

雖然忙得沒時間打電話聊天，但明明沒拜託，兩個姊姊卻都以簡訊逐一報告她們的戀愛進展。

羽依被梅川甩了，兩人的交往只持續了半年。羽依詢問梅川理由，對方僅低喃：「我累了。」「我想我確實是把他搞得很累。雖然我們的關係在聖誕夜那天決定性地走了調，不過能撐到那時，也全都多虧了梅川。」羽依的簡訊內容難得謙虛，完全沒有說梅川的壞話。分手之後，她也異於從前，失去活力，即使回家也無精打采，過著默默上下班的日子。

凜擔心地打電話過去，羽依聲調明朗地說「我跟平常一樣啊」，但也嚴肅地說明：「坦白說，我對過去的自己好好地反省了一下。我覺得這樣下去不行。」

現在羽依幾乎不再提梅川了，卻三不五時說起前原的壞話。前原調到大阪的分公司，擔任重要職位，因此算是榮升，不過好像在大阪最可怕、公認幾乎是流氓的上司底下工作。

「他有事回來總公司的時候，看他整個人憔悴的！調職剛決定的時候，他還要帥地說什麼『不管碰上什麼樣的上司，我都會盡好自己的本分』哩。聽說前原現在的上司，以前的部下幾乎每一個都被逼到辭職。他一定被整得很慘，爽呆了！」

從羽依的口氣，當然可以看出她真的很討厭前原，卻也能隱約看出對他的執著，無法忽略他的動向。對羽依來說，前原這個男人似乎讓她留下了無法抹滅的強烈影響。

綾香和宮尾的感情繼續發展，好像已經到了論及婚嫁的地步。兩人定期約會，一旦有了進展，便突飛猛進，做起共度一生的準備，速度快得令旁人驚訝。雖然覺得進展飛快，但可以看出兩人是確實地手牽著手，步調一致地往前進，因此家人也並不擔心。

宮尾先生好像從第一次跟我見面的時候，就打算以結婚為前提和我交往——綾香以難以克制喜悅的聲音向凜報告。

「我高興的是能與宮尾先生結為夫妻，婚禮倒是還好。我只想要一場和身分匹配的小婚禮。」雖然姊姊這麼說，卻在挑選婚禮會場、婚紗和日式新娘服的過程中愈來愈起勁，索取了堆積如山的介紹手冊鑽研，還拍照傳給凜問「妳覺得這件婚紗怎麼樣？」令人不禁莞爾。

凜用公司補貼租下的都內公寓，是一房一廚的小房間。凜正吃著回程在超商買的熟食沙拉和炸雞義大利麵，這時手機響了。是父親打來的。

「哦，是凜啊。東京怎麼樣？過得還好嗎？」

「嗯，工作跟住的地方大概漸漸習慣了。工作還是一樣忙。」

「這樣啊，妳很努力呢。之前的地震沒事嗎？」

「只是晃一下而已，沒什麼好擔心的啦。我醒了一下，馬上又睡著了。怎麼了？這種時間打電話來，真難得。」

「有事跟妳說一下。爸之前去做健檢，驗血有些項目要重新複檢，妳媽跟妳說了吧？」

「嗯，有啊，兩個月前的事吧？」

記得母親在近況報告中提到父親的健檢報告難得出現紅字。當時凜才剛展開新生活，一片忙亂，一直忘了這件事。

「後來爸去別的醫院重新做了精密檢查，結果出來了。是癌症。」

「咦？」

腳下開了個大洞，整個人墜落下去。這話教人吃驚，令腦袋無法處理。

「大概一個月後要動手術吧。說真的，爸沒想到會在這個年紀就被宣判癌症。」

即使隔著電話，也聽得出父親的聲音虛弱無力，儘管震驚茫然，但仍努力對抗著模糊的恐懼。

「咦，爸身體沒事吧？」

「身體好得很，完全沒有自覺到症狀。不過老實說，爸很怕動手術啊。之前人都健健康康的，從來沒有住過院嘛。醫生說要全身麻醉，換成人工呼吸，手術時間也很長的樣子。畢竟可能有什麼萬一，爸想在動手術前先寫好遺囑。」

爸又在講這種話！胡說什麼！電話另一頭接連傳來三個女人的抗議聲。

「是媽跟姊媽？」

「嗯。大概兩小時前開始吧，我們大夥一起喝酒，三個女人都在鼓勵我。昨天看醫生的時候，是妳媽陪我去的，妳媽跟我昨天都很沮喪，不過現在已經換了副心情，要積極地全家團結，一起面對。大夥一杯接著一杯，整個喝開來了。」

確實，電話另一頭不只是父親的聲音，還聽得到其他家人吵鬧的歡樂聲音。

「就算真的不行了，說真的，爸的人生也沒什麼好遺憾的。都生了三個女兒，長女快要結婚了，羽依跟妳也在社會上有所貢獻。妳爸的名字就叫『螢』，既然要死，我會乾脆地發亮、乾脆地走。」

「幹麼說這種話啦！」

凜拚命克制就快變成哭聲的嗓音。

「對不起啦。那換妳媽聽。」

父親交出電話，母親接了起來。

「凜，好久沒聯絡了。妳過得好嗎？」

「我很好，我很擔心爸。是哪個部位？」

明明內心波瀾起伏，發出來的嗓音卻很冷漠，連自己都被這落差給嚇到了。

「前列腺。」

「前列腺。」

凜從來沒有思考過父親的前列腺問題。

「有說是什麼原因嗎？」

「醫生說沒有，說任何人都有可能會得，好像也沒有可以斷定是可能病因的不良習慣。妳爸是因為健檢的時候某個特定的數值比平均還要高，所以才能發現，但好像完全不會痛。」

「有多嚴重？」

一小段沉默之後，母親說：

「好像不太好。」

「什麼意思？」

「檢查的數值不是那麼高，不過癌細胞好像長得不太好。」

「長得不好？」

癌細胞也有長得好或不好的嗎？她只能想像出生氣的卡通人物細菌人那幼稚的形象。

「我也不太清楚，不過癌症不是有分幾期嗎？爸大概是第幾期？」

問出口之後，凜才發現自己並不想知道。她想到「末期」兩個字，絕望直接籠罩整顆腦袋，天旋地轉。

「正式檢查的結果好像還沒有全部出來，所以不知道是第幾期。不過今天先不管那些了。才剛知道病名而已，就先接受這個事實吧。凜，妳也別想太多了。」

母親身後傳來酒醉的家人笑聲。

相較於事態的嚴重性，家中酒宴卻是異樣地歡樂，令人有些頭皮發麻。以前全家出遊，開車行經夜晚的山區時，穿過深山的隧道後，經過一處正在舉辦祭典的小聚落。若是普通的祭典，還可以為了巧遇祭典而開心，然而聚落的道路燈籠夾道，每一盞都大放光明，外頭卻不見半個人影，整個聚落一片死寂，就好像沒有半個活人。也許只是祭典已經結束而已，但只有燈籠明晃晃地亮著的景色令凜害怕起來，強烈地祈禱快快通過這個村子。電話另一頭家人的歡鬧聲，也有著當時祭典的詭譎氣氛。空洞的祭典。沒有半個人，卻只有燈籠輝煌地亮著，照亮村間小道。

「媽，妳沒事吧？」

「其實我很擔心，這也是當然啦。不過我覺得在妳爸身邊的我們不能沮喪，一開始雖然是強顏歡笑，不過喝著喝著，就真的開心起來了。剛才妳爸甚至還說：『今天是得知罹癌紀念日，所以要大喝特喝！』拿這個當藉口喝酒。」

話筒傳來除了凜之外所有家人的歡笑聲。聽著那一如往常——不，比平常更開朗得異常的笑聲，凜也跟著笑了，但笑聲卻帶著超乎想像的深濃陰影，在獨居的房間裡迴響著。從聲調來看，父親應該沒有母親強調的那麼有精神。雖然拚命擠出活力，但感受得到他的恐懼。不過母親和姊姊們也非常害怕吧。所以假裝沒有發現父親的恐懼，故作開朗，好為父親打氣。然後看到勉強打起精神的家人，父親也多少受到了鼓舞。

那麼，我也不能表現出陰沉的樣子。

「什麼嘛，爸雖然瘦得像豆芽菜，可是身體很敏捷，我還以為他會是全家最健康長壽的一個呢。」

「妳爸是很健康啊。可是……是啊，癌症會得的時候就會得，不是嗎？對了，妳爸大概下個月會開刀，妳能回來嗎？」

「我很想回去，不過那時候應該才剛分配單位，或許很難回家。」

「妳不用勉強回來。爸也很清楚妳的狀況。才剛進公司，忙碌是當然的。不用擔心，能回來的時候再回來吧。」

「嗯……對不起，家裡遇上這麼大的事，我卻不在。」

凜參加公司考前，父母那樣大力反對，然而真的送她去東京以後，他們卻展現出包容與理解，凜對這樣的父母除了感謝，更是滿心歉疚。

「放心吧，我們家本來女人就多，少一個也沒差。妳一個人在新天地生活工作，那才辛苦，不用為家裡操心了。那，先說到這裡吧。」

「嗯，謝謝媽。」

她還以為父母生病，是還要好久以後才會遇到的事。

掛斷電話後，凜仍失魂落魄了好半晌，病名帶來的單純但巨大的恐怖席捲而來，在恢復寂靜的房間裡，從身體滿溢而出，並且擴大。上京的時候哭得那麼慘，這時卻連一滴眼淚都流不出來。她還無法完全接受，而且似乎也不是哭的時候。

她忽然強烈地懷念起現在應該仍在喝酒嬉鬧的自家客廳。大家應該都一樣不安，但只要在家人圍繞下、挨著父親和母親說說話，總比在這裡一個人胡思亂想要來得心安。爸、媽、姊、羽依。雖然偶爾也會吵吵架，但這種時候只要彼此鼓勵，就能激發出力量。

我想念我的家人。

想東想西也沒用，今天就先睡了吧——凜照著母親的吩咐，鑽進床鋪，努力不去想父親的病情。但不管再怎麼逃避，負面的想像就是會湧上來。舊式的澡堂有紅色和藍色的水龍頭，各別流出熱水和冷水，就像那水龍頭一樣，苦熱的情緒和悲涼的情緒分成了兩邊，不斷地傾注到伸至水龍頭底下的手。凜心亂如麻，讓這兩種情緒在雙手上混合，等待它變成適溫，然而淚水流不出來，也無法拋開一切入睡。

凜就這樣意識清明地躺到白光微微亮起，打開窗簾一看，朝霞射入乾燥龜裂的心。幽光就像塗抹在傷口上的消毒藥，微微刺痛心靈，令淚水滲了出來，早晨的到來，令人純粹地快樂起來。

雖然住在東京，但這裡是住宅區，因此周圍並非都會風景，眼前是獨棟及公寓林立的普通街景。陌生的城鎮。早起的鳥兒啼叫聲完全無法撫慰她的心，但來到東京這件事，奇妙地從不曾讓她感到後悔。雖然懷念只要待在京都，任何一處都能看見圍繞盆地四方的青翠山景，但完全無法和昨天掛斷電話之後感受到的、思念家人齊聚的客廳那強烈的情緒相比。出生之後二十四年以來，持續積蓄在體內的京都的氣息尚未完全散去。張開手掌，掌心仍捏著暗紅色的紅葉；閉上眼睛，頭頂仍是那片只有低矮建築物而寬闊無垠的悠閒淡藍色天空。故鄉在記憶中會日漸淡薄，但不會立刻消失，而是更落落大方地跨越時光，浮蕩在我的周圍。不過家人帶來的安心與熱鬧，過去就像空氣般理所當然地環繞著我，因此更教人難以承受……

一夜未曾闔眼，就得出門上班，這雖然是莫大的壓力，同時卻也是莫大的激勵。

「這是我自己選擇的路。」

實際喃喃說出聲來，這句話並沒有想像中來得嚴厲，反而比任何話語都更能鼓舞自己。沒錯，這是我自己選擇的路。只為了往前進，披荊斬棘，踏過未經鋪設的野徑。雖然也有辛酸難過，但現在的我非常奢侈。我沒有說喪氣話的資格。

話雖如此，如果能夠，我只想看著人生快樂、優雅的一面而活。因為困難，因此更需要樂觀。這並不是懦夫的想法。為了活下去，我要不斷地翩翩飛舞下去。即便稍微回頭，就會看見黑暗緊緊地跟隨在身後。

凜掏出手機想打電話回家，但發現時間還太早，便打消了念頭。她想到今天可以在車站前的咖啡廳吃早飯，於是拉上窗簾換衣服，房間再次恢復原本的幽暗。

國家圖書館出版品預行編目（CIP）資料

掌心裡的京都／綿矢莉莎（綿矢りさ）著；
王華懋譯. -- 初版. -- 臺北市：麥田出版：
家庭傳媒城邦分公司發行, 2021.05
面；　公分. --（日本暢銷小說；98）
譯自：手のひらの京
ISBN 978-986-344-904-1（平裝）

861.57　　110001989

城邦讀書花園
www.cite.com.tw

ISBN 978-986-344-904-1
Printed in Taiwan.

日本暢銷小說 98

掌心裡的京都

作者｜綿矢莉莎
譯者｜王華懋
封面設計｜Bianco Tsai
責任編輯｜徐　凡

國際版權｜吳玲緯
行銷｜何維民　吳宇軒　陳欣岑
業務｜李再星　陳紫晴　陳美燕　葉晉源
總編輯｜巫維珍
編輯總監｜劉麗真
總經理｜陳逸瑛
發行人｜凃玉雲
出版｜麥田出版
10483台北市民生東路二段141號5樓
電話：(02) 2500-7696
傳真：(02) 2500-1967
部落格：http://ryefield.pixnet.net
發行｜英屬蓋曼群島商家庭傳媒股份有限公司
城邦分公司
地址：10483台北市民生東路二段141號11樓
網址：http://www.cite.com.tw
客服專線：(02) 2500-7718｜2500-7719
24小時傳真專線：(02) 2500-1990｜2500-1991
服務時間：週一至週五09:30-12:00｜13:30-17:00
劃撥帳號：19863813　戶名：書虫股份有限公司
讀者服務信箱：service@readingclub.com.tw
香港發行所｜城邦（香港）出版集團有限公司
地址：香港灣仔駱克道193號東超商業中心1樓
電話：+852-2508-6231
傳真：+852-2578-9337
馬新發行所｜城邦（馬新）出版集團
【Cite (M) Sdn. Bhd.】
地址：41-3, Jalan Radin Anum, Bandar Baru Sri Petaling, 57000 Kuala Lumpur, Malaysia.
電話：+603-9056-3833
傳真：+603-9057-6622
讀者服務信箱：services@cite.my

印刷｜前進彩藝有限公司
初版｜2021年5月
初版二刷｜2021年5月
定價｜350元